追憶の烏《からす》

阿部智里

文藝春秋

もくじ

用語解説 5
人物紹介 6
山内中央図 8
序章 13
第一章 花祭り 15
第二章 その夜 87

第三章　消えた女　133
第四章　散華《さんげ》　163
第五章　顎《あぎと》　217
第六章　遺言　249
終　章　答え　295

用語解説

山　内（やまうち）

山神さまによって開かれたと伝えられる世界。この地をつかさどる族長一家が「**宗家**（そうけ）」、その長が「**金烏**（きんう）」である。東・西・南・北の有力貴族の四家によって東領、西領、南領、北領がそれぞれ治められている。

八咫烏（やたがらす）

山内の世界の住人たち。卵で生まれ鳥の姿に転身もできるが、通常は人間と同じ姿で生活を営む。貴族階級（特に中央に住まう）を指して「**宮烏**（みやがらす）」、町中に住み商業などを営む者を「**里烏**（さとがらす）」、地方で農産業などに従事する庶民を「**山烏**（やまがらす）」という。

禁門（きんもん）

山神の住まう「**神域**」へと通じる門。広間には歴代の金烏の棺が並ぶ。

招陽宮（しょうようぐう）

族長一家の皇太子、次の金烏となる「**日嗣の御子**（ひつぎのみこ）」の住まい。

桜花宮（おうかぐう）

日嗣の御子の后たちが住まう後宮に準じる宮殿。有力貴族の娘たちが入内前に后候補としてここへ移り住むことを「**登殿**（とうでん）」という。ここで正室として見初められた者がその後「**桜の君**（さくらのきみ）」として桜花宮を統括する。

凌雲宮（りょううんぐう）

出家済の前金烏が住む凌雲院、その妻の住む紫雲院の敷地の総称。周囲には寺社が林立している。

山内衆（やまうちしゅう）

宗家の近衛隊。養成所で上級武官候補として厳しい訓練がほどこされ、優秀な成績を収めた者だけが護衛の資格を与えられる。

勁草院（けいそういん）

山内衆の養成所。十五歳から十七歳の男子に「**入峰**（にゅうぶ）」が認められ、「**荳兒**（とうじ）」「**草牙**（そうが）」「**貞木**（ていぼく）」と進級していく。

羽林天軍（うりんてんぐん）

北家当主が大将軍として君臨する、中央鎮護のために編まれた軍。別名「**羽の林**（はねのはやし）」とも呼ばれる。

人物紹介

奈月彦（なづきひこ）――長く若宮・日嗣の御子としてあったが、猿との大戦後、正式に即位。宗家に生まれた真の金烏として、八咫烏一族を統べる。

雪　哉（ゆきや）――地方貴族（垂氷郷郷長家）の次男。かつては若宮の近習をつとめ、勁草院を首席で卒業し山内衆となる。北家当主玄哉の孫でもあり、猿との大戦の際には全軍の指揮を務めた。

浜木綿（はまゆう）――登殿によって選ばれた奈月彦の正室。南家の長姫・墨子として生を受けるが、両親の失脚により、一時身分を剝奪され逃亡していた過去がある。

紫苑の宮（しおんのみや）――奈月彦と浜木綿の娘。

紫雲の院（しうんのいん）――前の大紫の御前。南家出身。金烏代・捺美彦との間に長束をもうける。後宮において絶大な権力を握る。

長　束（なつか）――奈月彦の腹違いの兄で、明鏡院院主。日嗣の御子の座を奈月彦に譲るが、復位を画策する母と周囲が奈月彦を暗殺しようとした過去がある。

路　近（ろこん）――長束の護衛であり、明鏡院所属の神兵。

明　留（あける）――奈月彦の側近。真赭の薄の弟で西家の御曹司。中退するまで、勁草院で雪哉らと同窓だった。

千　早（ちはや）――山内衆。無口で無愛想。勁草院時代、同期の明留達に妹ともども苦境を救われた。

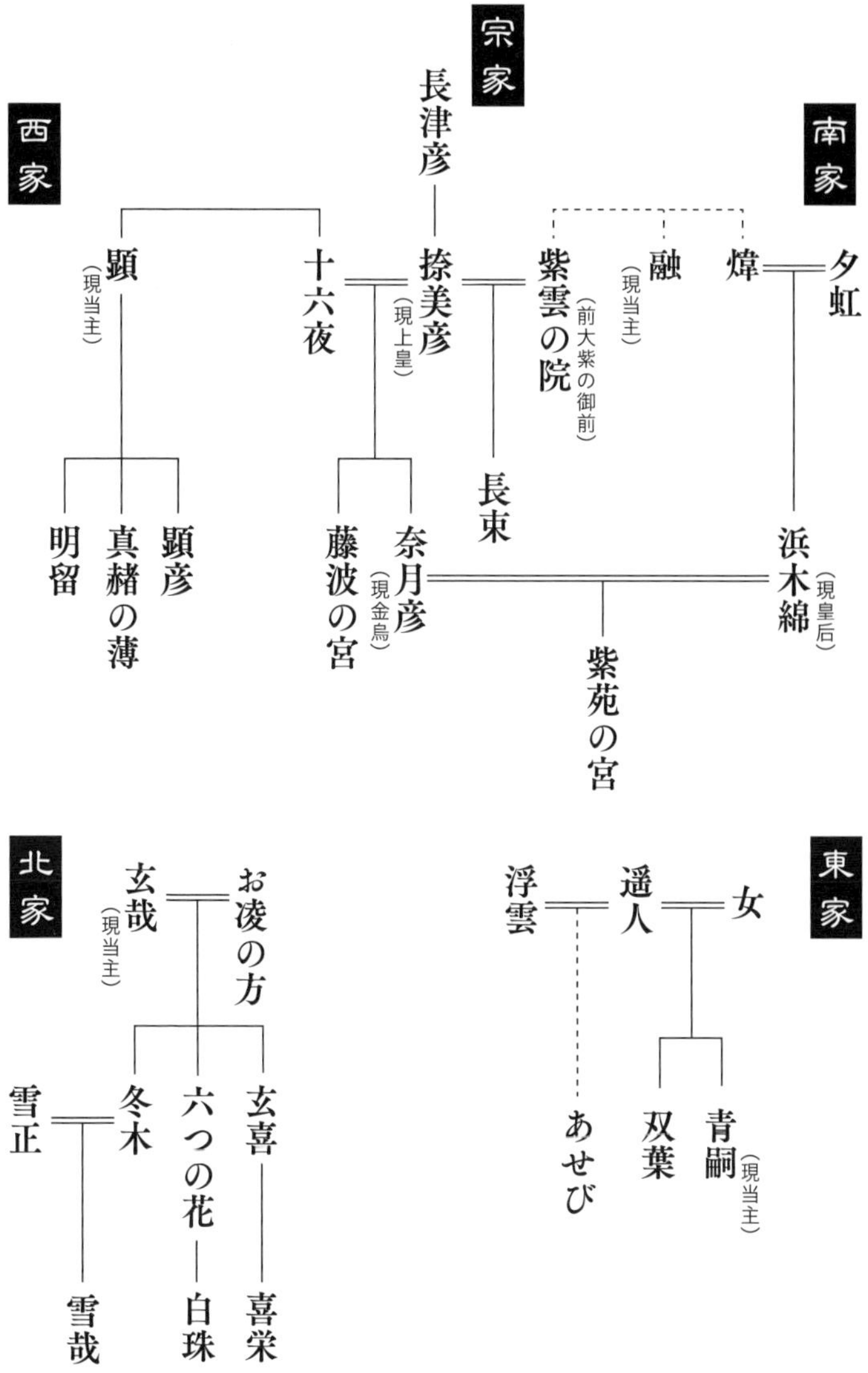
宗家
長津彦
西家
南家
顕（現当主）
十六夜
捺美彦（現上皇）
紫雲の院（前大紫の御前）
融（現当主）
煒
夕虹
明留
真赭の薄
顕彦
藤波の宮
奈月彦（現金烏）
長束
浜木綿（現皇后）
紫苑の宮
北家
玄哉（現当主）
お凌の方
雪正
冬木
六つの花
玄喜
雪哉
白珠
喜栄
東家
浮雲
遥人
女
あせび
双葉
青嗣（現当主）

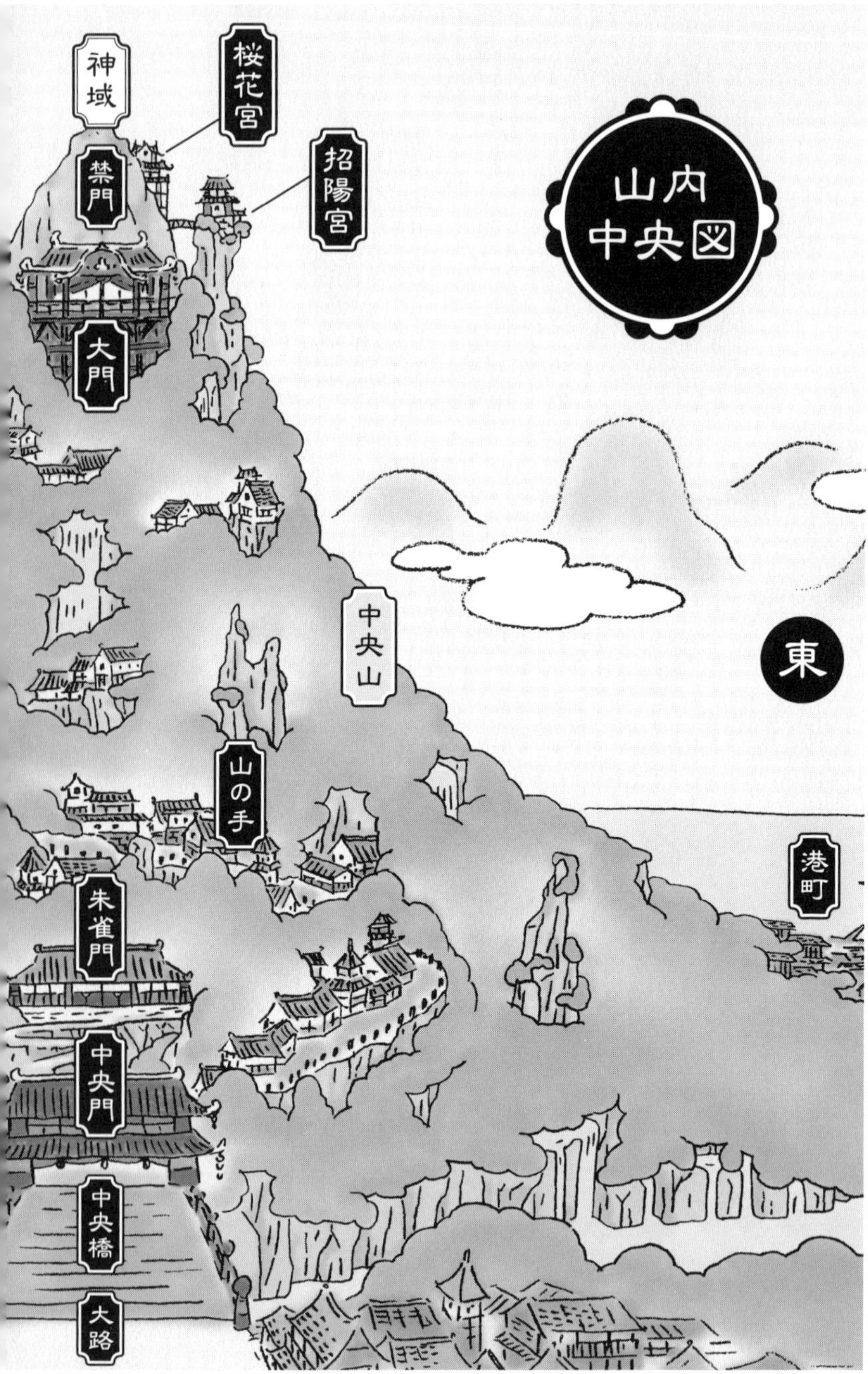
山内中央図
東
神域
桜花宮
招陽宮
禁門
大門
中央山
山の手
港町
朱雀門
中央門
中央橋
大路

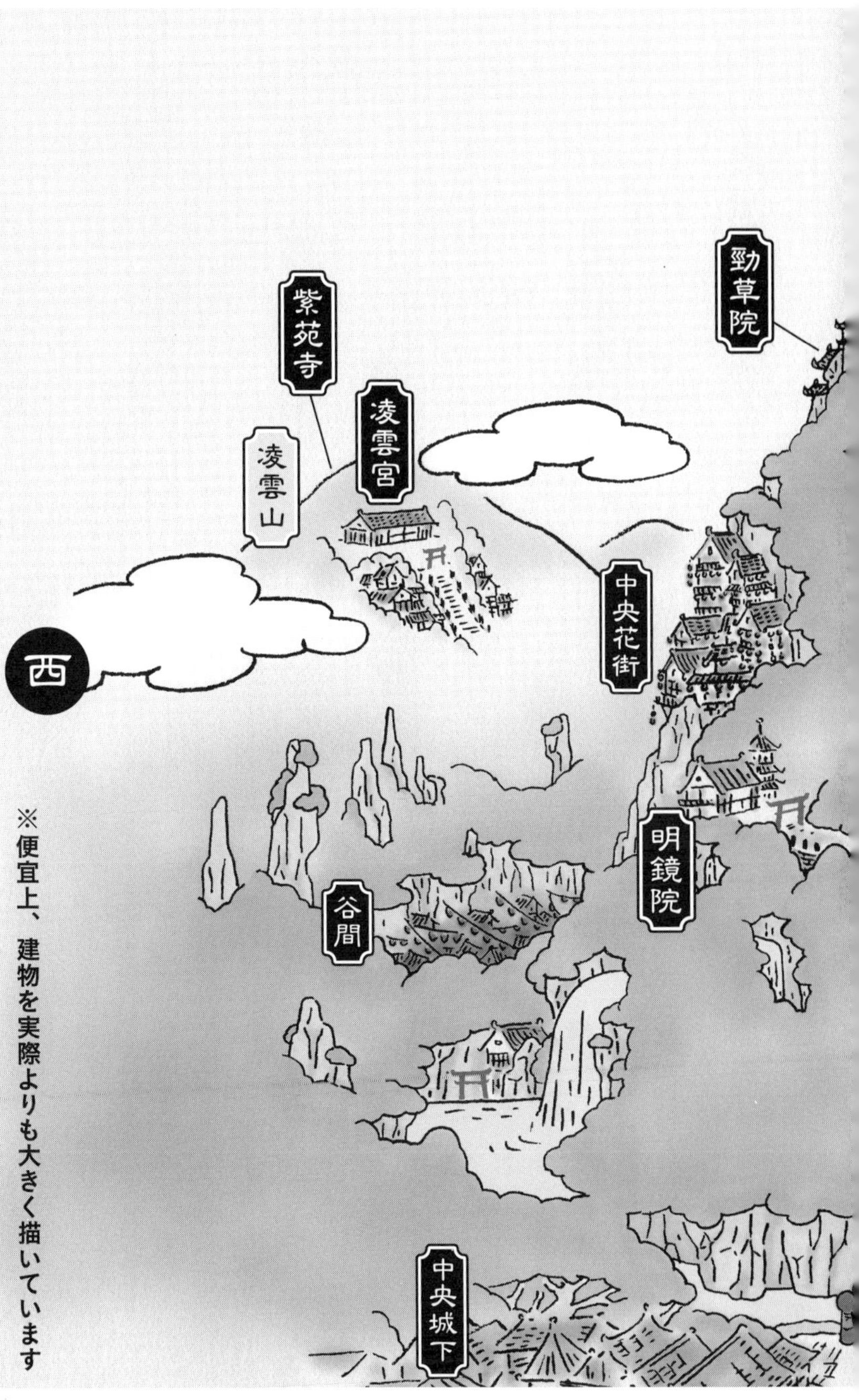

※便宜上、建物を実際よりも大きく描いています

画・上楽藍

追憶の鳥

序章

「そなたは、金烏《きんう》であるために必要なものとは、なんだと思う？」

父にそう尋ねられた時、私は「それは仁愛です」と答えた。

何故ならば、つい先日、詩文の先生にそう教わったばかりであったからだ。

「仁愛とは、民を慈《いつく》しみ、その幸福を祈ることです。仁愛をもって民に接すれば、民もまた、金烏を愛してくれます」

すらすらと述べ、きちんと答えられたという自信に胸を張った。すぐに褒めてもらえると思っていたのに、しかし父は「本当に？」と首を傾《かし》げた。

「民を愛せば、民もまた愛してくれるというのは、傲慢な考えのように思えてならぬ」

統治に仁愛は必要だ。

だが、それだけでは駄目なのではないかと、父は言う。

「政《まつりごと》を行うということは、皆を助けたいと願いつつも、皆を助けられぬということだ。自分に出来ない行為を臣下に押し付けておきながら、自分ばかりが潔白でいようとする。綺麗事だけを言い続ける君主は、いずれ仁愛そのものを空虚としないだろうか？」

教えられた通りに答えたのに、いきなり難しい話をされて、私は混乱してしまった。では正解は何なのですかと訊ねても、父は「私にも分からない」と笑うばかりなのだ。

「だから、共に考えよう」

そう言って、父は私の頭を優しく撫でた。

——父は、一方的に私に王道とは何かを説いたりはしなかった。

何かを確かめるように問いかけ、時に、私に教えを請うような姿勢すら見せた。

当時はその意図が分からなかったが、今思うに、父は私を通して、自分のすべきことを確認していたのだと思う。

あの時に見つからなかった問いの答えを、私は今も考え続けている。

第一章　花祭り

講堂の空気はぴんと張りつめている。

眼前には、簡素ではあるが真新しい御簾《みす》が下ろされ、こちらから上座の様子を窺《うかが》い知ることは出来なかった。

雪哉《ゆきや》は小さく息を吐いてから、氷のように冷たい板の間に両手をついた。

「山内衆《やまうちしゅう》が一、北家《ほっけ》の雪哉でございます。皇后さま、姫宮さまに、新年のお慶びを申し上げます」

そう言って深く頭を下げると、御簾の内から落ち着いた声が返る。

「まことにめでたいことだ。山内《やまうち》の民のより健やかなることを願う。そなたにも、よりいっそうの献身を期待する」

皇后、浜木綿《はまゆう》の御方《おんかた》の声である。

「まことに、おめでたいことです」

次いで聞こえてきたのは、高く澄んだ少女の声だ。

「山内の民の、より健やかなることをお祈りします。山神《やまがみ》さまのご加護のもと、よくよくそのお役目を果たされますように」

は、と雪哉が謹《つつし》んで返答する。

講堂内が静まり返って、しばし。

「……もう、よろしいでしょうか？」

先ほどとは打って変わり、恐る恐るといった風情の少女の声が響いた。

「ああ、いいよ」

今だけな、と笑い含みの皇后の声に雪哉も小さく笑い、許しを待たずに顔を上げる。

「雪さん！」

御簾を払いのけるようにして、鞠《まり》のように飛び出してきた小さな人影がある。

裾を器用にからげて駆け寄るも、豪奢《ごうしゃ》な絹の衣はいかにも重そうだ。案の定、足を取られて躓《つまず》きそうになったところを、おっとっと、と手を伸ばして抱きとめた。

「お気を付けくださいませ。お怪我はありませんか？」

「ごめんなさい。こんな衣、久しぶりだったものですから」

ふっくらとした頬を健康的に上気させ、少女は無邪気に雪哉を見上げる。

まっすぐにこちらを射抜《いぬ》く瞳は黒々と澄み切っており、その輝きが何とも眩しかった。大きな目を縁取る睫毛《まつげ》は影が落ちるほどに長く、笑みの形を描いた唇は小さく稚《いとけな》い。

ただ可愛らしいだけではなく、その面差しには父親譲りの高貴さが色濃く表れ、もうすぐ八つになるという年齢からは考えつかないほどに表情は大人びている。

まさに、彼女の身分にふさわしい姿であると言えるだろう。

彼女の父は、この山内を統治する八咫烏《やたがらす》の一族の長、真の金烏《きんう》こと、今上金烏《きんじょうきんう》奈月彦《なづきひこ》である。

本来、内親王は中央山《ちゅうおうさん》の女屋敷において養育されるが、わけあって彼女は隣山の凌雲山《りょううんざん》紫苑寺《しおんじ》にて生まれ、母である皇后と共に今日までそこに留まり続けていた。

よって、内親王は紫苑《しおん》の宮《みや》と呼ばれている。

雪哉は現在、宗家《そうけ》近衛《このえ》隊の山内衆として金烏に仕えている。十四の頃、当時日嗣《ひつぎ》の御子《みこ》の位にあった彼に伺候《しこう》して以来、その付き合いは十五年以上にもなる。主君は若い頃、その美貌に熱を上げる姫君らに対しけんもほろろの対応をしていたものだったが、それが今や、愛娘に会うため、中央山から隣山に足しげく通っているのだ。その姿を愉快に思う気持ちもある一方で、愛くるしい姫宮を見るにつけ、そうして当然だとも思うのだった。

「とてもよくお似合いです」

紫苑の宮が着ているのは、紫の地に花の文様が入った汗衫《かざみ》である。褒められた彼女は居住まいを正し、優雅にお辞儀をして見せた。

「お褒めの言葉、ありがとうございます。雪さんも、とてもご立派です」

そういえば、山内衆の正装を見せたことは今までなかったかもしれない。

いつも寝ぐせに悩まされている猫っ毛は丁寧に梳《くしけず》って髷《まげ》に結い、滅多に付けない冠の中にしまわれている。胴当てや籠手《こて》などを身に着けるのも、随分と久しぶりであった。

正装の説明をしようと口を開きかけた時、「のんびりしている暇があるのかい？」と、からかうような声がかかった。

御簾から姿を現したのは、皇后だ。

上背があるが、体つきは女らしく、相変わらず迫力のある美女ぶりである。自慢の黒髪は、ちりちりと音を立てる珠のついた金の飾りによって宝髻《ほうけい》に結い上げられており、その体に纏《まと》うのは濃紫《こむらさき》の大袖の衣、同じく鮮やかな紫に染められた裙《も》に、軽やかな白い正絹《すずし》の領巾《ひれ》である。

「もうそろそろ刻限だろう。ゆっくりしている暇はないんじゃないのかい？」

皇后と内親王は、元日朝賀に列席することになっている。

朝廷《ちょうてい》にて百官から新年の祝賀を受ける儀式に同席させるため、皇后と姫宮を迎えに行くようにと、雪哉は金烏直々に命令を受けていた。

元日朝賀において皇后が金烏の隣に並ぶことは通例であるが、裳着《もぎ》前の内親王が姿を現した例など滅多にない。時間をかけて警備体制を整え、万全の予定を組み、雪哉自ら姫宮を迎えにやって来たのである。

皇后の言う通り、予定を遅らせるわけにはいかなかった。

「それでは、これより皇后さまと姫宮さまを宮中にお連れ申し上げます。本日はわたくしが姫宮殿下にお付きいたしますので」

「しっかり頼んだよ」

皇后の口調は軽かったが、その表情は晴れやかとは言いがたい。

無理もない。向かうのはこれまで忌避し続けてきた朝廷であり、儀式中、皇后と姫宮は離れ離れになってしまうのだ。

「必ず」

神妙に頷いてから、雪哉は姫宮に向かって手を差し出した。

「それでは、参りましょうか」

「はい」

姫宮と手をつなぎ、女房らに傅《かしず》かれる皇后を先導するようにして車場へと向かう。

車場には、皇后と紫苑の宮を宮中に連れて行くための巨大な飛車《とびぐるま》が二台揃っていた。

日輪に下がり藤の紋がほどこされた壮麗な屋形には巨大な車輪がつき、それぞれ大烏《うま》が前に二羽、後ろに二羽繋がれている。飛車を囲むように、雪哉と同じく着飾った山内衆も並んでいた。

皇后が前方の飛車に乗車したのを見届けてから、雪哉は姫宮と共に後ろの車に乗り込んだ。

姫宮を背中から抱えるようにして雪哉は腰を下ろし、両手でしっかりと手掛かりを摑《つか》ませる。

「怖くはないですか？」

大きな飛車に怯《おび》えていないか心配だったが、姫宮は躊躇《ためら》いなく首を横に振った。

「雪さんと一緒ですもの」

何も怖くなどありませんと朗らかに言ってから、しかし何かを思案するようにこちらを見上げる。

「先ほどの挨拶、おかしくはなかったでしょうか」

「大変お上手でしたとも。きっと、姫宮さまのお声を耳にした百官は、驚き喜ぶことでしょう」

「ならば良いのですが……」

紫苑寺でたくさん練習をしたのだろうが、大勢の官吏達の前に出るのは初めてなのだ。緊張するのは当然だった。

「今日は、雪哉がずっと姫宮殿下のお傍におりますから」

雪哉がそう言うと姫宮は、にこっと嬉しそうに笑い返したのだった。

周囲に異常がないことを知らせる、護衛の兵の笛の音が響く。

車輪のきしむ音がして車体が揺れ、掛け声と共に走り出すのが分かった。

用意した御者《ぎょしゃ》の腕はよく、離陸は滑らかだ。車体は大きな衝撃もなくふわりと浮き上がり、一行は朝廷へと向かって飛び立ったのだった。

外を見たがる姫宮のために物見を小さく開けると、針のように冷たい風が吹き込んできた。

新年の朝の空気はことのほか澄んで感じられる。

豪奢な飾りをきらめかせた飛車を先導し、囲むようにして大烏に乗った山内衆が飛ぶ。太陽の光は真新しい黄色で、薄く雪の積もった山の峰をしめやかに輝かせていた。

視点を下へと転じれば、ちょうど眼下には前《さき》の金烏代《きんうだい》が隠居を決め込む凌雲院《りょううんいん》と、そこから伸びる参道、参道の両脇を固めるように立派な寺社が整然と連なっている。

山内は美しい故郷だと、しみじみ思う。

とても、滅びの淵に瀕しているとは思えないほどに。


姫宮が生まれるよりも一年前、ここでは、大きな戦いがあった。

山神に仕えていたはずの猿の一族が、この山内の地に攻め込んで来たのだ。

故郷を守るために全軍の指揮を執ったのは、他でもない雪哉である。

多くの仲間を死地に追いやり、何の罪もない民衆を危険にさらし、あまつさえ利用するような真似をしたが、その甲斐あって、雪哉は一匹残さず猿を殲滅することに成功した。

そのやり口を許せぬと悪罵する者もあったが、次善の策よりもはるかに犠牲者は少なかったはずだと雪哉は確信している。

後悔はなかった。だが、それでも雪哉は、山内を守りきれたわけではなかった。

猿の狙いは、戦いで勝利を収めることなどではなく、最初から、山内を崩壊させることだったからだ。

野蛮な猿どもは、何百年も前に、当時の八咫烏の長が、自分達の長を裏切ったと信じていた。

復讐心のためだけに、八咫烏の一族を文字通り、道連れにする心算だったのだ。

山内は、中央山の山頂、神域に住まう山神さまのために開かれた荘園である。山神に荘園を維持するだけの力がなくなれば、たちまち山内は存在意義を失ってしまう。

戦いに勝利をおさめた時には、猿の策によって、山内を守る山神の力はすでに取り返しのつかないほどに衰えていたのだ。

戦端が開かれた時点で、八咫烏の一族は既に負けていたと言えよう。

――山内はいずれ崩壊する。

それを思い知らされた雪哉は、まさにこの地で、勝利に沸く民衆の虚しい歓呼の声に迎えられたのだった。

山内の崩壊が、いつ来るか、どんな形で来るのかは誰にも分からない。

大地震か。干ばつか。大水か。結界《けっかい》の消失か。疫病か。あるいは、その全てか。

感傷的になっている暇はなかった。

何とか崩壊を回避すべく、もしくは、それを少しでも穏やかに迎えるために、すべきことは山のようにあった。

猿との戦いの後、雪哉の主である奈月彦は、父親から譲位され、正式に金烏として即位した。

そして、朝廷全体の足並みを揃え、山内崩壊の危機に対応する方針を打ち出したのだった。

山内には、朝廷のある中央を囲むように、東西南北の四つの領が存在している。四領は宗家から分かれた分家――東家《とうけ》、南家《なんけ》、西家《さいけ》、北家の大貴族四家が統治し、その領主たる四家当主は、朝廷でも絶大な権力を握っていた。

来たる崩壊に向け、結界が最も強いと思われる中央を開墾《かいこん》し、水利を整え、備蓄を増やし、医《くすし》を育てて薬を作らせる。いざとなった時、地方からの難民を受け入れる新しい街の開発も視野に入れなければならない。

そのためには、四家の力はどうしても必要だった。

山内存続のために尽力して欲しいと協力を請う金烏に、四家は応えた。平素、権力闘争に余念のない者達であったが、未曾有《みぞう》の危機に対し、その態度を改めざるを得なくなったのだ。

山内を守るため、八咫烏の一族が一致団結してことに当たらなければならない時代が来たのである。

雪哉は、体温の高い姫宮を抱きしめる腕に力を込めた。

共通の大きな難題を前にして、貴族連中の馬鹿げた足の引っ張り合いは、鳴りを潜めるようになっていた。

その時勢も読めない愚か者のせいで姫宮は紫苑寺に逃げる羽目になっていたわけだが、そろそろ、あるべき所へ帰れるはずだ。

中央山を照らす、朝の光は眩しい。

滅びの淵ではあるけれど――山内の、新しい時代が始まろうとしていた。

皇后の飛車はより上方へと向かったが、姫宮の車は、日嗣の御子のための宮、招陽宮《しょうようぐう》の車場に着陸した。

招陽宮は、朝廷を内包する山に突き出た、瘤《こぶ》の上に建てられた宮殿である。その車場は、今は固く閉ざされた門の前に設けられていた。そこから朝廷に入るには大きな石橋を渡らねばならなかったが、今日はそこに緋毛氈《ひもうせん》が敷かれている。

欄干《らんかん》の下を見れば、霧とも雲ともつかない白い靄《もや》が、川のようにゆったりと流れているのが分かる。風はなかったが、高所ゆえに空気は冷えきっていた。

車から顔を出した姫宮は寒そうに首を竦《すく》めると、切り立った断崖とそこに嵌《は》め込むようにして築かれた朝廷の門を見上げ、感心したように白い息を吐き出した。

「姫宮さま。こちらです」

雪哉が促すと姫宮は軽く頷き、怖気《おじけ》づくことなく緋毛氈の上に立つ。その両脇に立ち、姫宮に寄り添うように先導するのは着飾った山内衆だ。

雪哉が姫宮のすぐ後ろについたのを確認してから、一行はしずしずと進み、堅牢《けんろう》な石橋を渡りきった。

門を抜けると、姫宮は目を丸くした。

そこに広がっていたのは、眩暈《めまい》のするほどに巨大な吹き抜けである。

山内の朝廷は、山の中に存在している。

吹き抜けを囲むように、岩肌をくりぬいて何層もの階を作り、その一階一階に朝廷の各部署が構えられているのだ。

吹き抜けに面す四方のうち、南側には官人達が出入りするための大門があり、その上部の明り取りから差し込んだ朝日が、朝廷内部を照らし出していた。

そして大門の反対、北側の最上階にある黒漆《くろうるし》の戸で固く閉ざされた場所こそが、典礼の際にのみ金烏が百官を見下ろす玉座《ぎょくざ》の間、大極殿《だいごくでん》である。

吹き抜けの中央最下層、『朝庭《ちょうてい》』と呼ばれる石畳の上には、百官が位階によって定められた座席につき、大極殿の扉が開き、金烏と皇后が姿を現すのを今か今かと待ち構えていた。彼らの前には白木の台があり、その両脇には四神の旗と大きな香炉が飾られている。

現在、姫宮と雪哉がいるのは、東面の高層である。朝庭に下りる階段を進みながら視線を向ければ、最前列には四家当主と、金烏の兄、明鏡院長束《めいきょういんなつか》の姿が見えた。

本来、百官を代表して金烏に新年の挨拶をするのは日嗣の御子の役目であるが、日嗣の御子の不在により、これまでは出家済みの長束が、その代理を務めていた。

それも、本年からは変わる。

「姫宮殿下の御なり」

階段を降り切り、朝庭に入る段になって山内衆が声を上げる。

あとは大極殿が開くのを待つばかりとなっていた官人たちは、一斉にその視線を姫宮へと向けた。

小さな紫苑寺に生まれ育った彼女にとって、これだけ大勢の者を一度に見るのは初めてだ。

わずかに怯《ひる》んだ様子の姫宮の背に、雪哉は斜め後ろからそっと手を添える。

姫宮は一度雪哉を振り返ってから姿勢を正し、ゆっくりと足を進めだした。

囁《ささや》きが席巻する朝庭を横切り、百官の前に進み出た姫宮を、重厚な金の袈裟《けさ》をまとった彼女の伯父、長束が出迎える。

かねてより金烏に忠誠を誓っている彼は、背が高く、体に厚みのある美丈夫である。品はあるが彫の深い、しっかりとした男らしい造作をしており、無言で立っているだけで少なからず迫力があった。

だが、姫宮の姿を見た瞬間、彼は整った顔を笑み崩れさせ、無言のまま小さく袖を振って見せたのだった。

姫宮は安心したように伯父に笑い返し、次いでお辞儀をした。

「明鏡院さまに、新年のお慶びを申し上げます」

「新年のお慶びを申し上げます、姫宮殿下」

挨拶を受けた長束は真面目な顔になり、すばやく臣下の礼を取る。

「後で、ゆっくりお話をいたしましょうね。まずはこちらへどうぞ」

伯父に促されるまま、姫宮は白木の台の前に立った。四家当主らが心得顔で姫宮に目礼したのを確認し、雪哉も長束のすぐ隣の位置に下がる。

長束の泰然としたふるまいを見て取ってか、背後のざわめきも次第に静かになっていった。

やがて刻限になり、はるか上方前方から、鉦《かね》が三度鳴らされた。

対面の最上階、大極殿の、黒い漆塗りの扉が開かれる。続いて、朝庭を見下ろすように設けられた高御座《たかみくら》のとばりが開かれ、金烏がその姿を現した。

ここからでは遠目でよく分からないが、金烏のまとう濃紫の装束には伝説の神獣が刺繍され、冠の前面には宝珠《ほうしゅ》がすだれのように垂れているのを雪哉は知っている。

隣の皇后の前には翳《さしば》が掲げられ、顔が露わとならないようにしているが、あちらからは下の様子はしっかり見えているはずである。

完全に扉が開け放たれた後、山神へ儀式の始まりを知らせるため、香炉に火が入れられた。

諸々の手順をこなした後、長束から視線を受けた姫宮は白木の台に上り、すうっと深く息を吸った。

「新しき年の、新しき月の、新しき日に、山神さまの恩寵《おんちょう》のもと、万《よろず》の福を持ち参り来て、拝みつかえまつらくと申す」

高らかに澄んだ姫宮の声が、冷ややかな空気を満たす朝庭いっぱいに響き渡る。

姫宮の声の余韻をしっかり聞いてから、頭上の金烏が応える。

「新しき年の、新しき月の、新しき日に、山神と共に、万の福を平らけく、永く受け賜われと宣《の》る」

金烏の声を受け、鈴が鳴らされる。

百官はさざ波のように、揃って深く礼拝《らいはい》した。

頭を下げながら、これでよいのか、と不安そうに視線を寄越した姫宮に気付き、雪哉は小さく微笑み返したのだった。

＊　＊　＊

皇后と姫宮を紫苑寺に送り届けてから、雪哉は金烏のもとへと向かった。

各種正月の祭祀は長く続き、金烏と直接会話が出来るようになる頃には、すっかり夜になっていた。

「お疲れさまでございました」

朝廷の奥の奥、山の最深部に設けられた御座所に戻って来た主君に、雪哉は気安く声を掛ける。

金烏は夜御殿《よんのおとど》には最少の人員しか置かず、政務を終えて後、就寝するまでは特に親しい側近達と今後のことを話し合うのが常であった。人の目も遠くなれば、自然と態度も若宮《わかみや》時代のものに近くなってしまう。

人払いがされているので、雪哉自身が手を貸して着替えるのを手伝った。

すまんな、と言って衣を剝《は》ぎ取られる金烏は、相変わらず男でありながら絶世の美姫《びき》と遜色《そんしょく》ない顔の造作をしている。

線の細い女顔であり、白くすべらかな肌も、すっと通った鼻筋も、紅を塗ったように血の色を透かした唇も、若い娘御のようなみずみずしさがある。

以前はその印象を払拭《ふっしょく》するかのように、ひたすらに冷たく、射抜くような目をしていたものだったが、今の眼差しはいたって穏やかだ。実際こうなって見ると、却《かえ》って威厳が増したようにも感じられるのだから分からないものだ。

金烏は無造作に髷をほどくと、うんざりしたように耳の辺りを揉みだした。

「この冠、もうちょっと軽く出来ないものか……。見た目だけなら、金箔を貼った紙でも代用出来るのではないか？」

「職人が泣きますよ」

呆れ顔で冠を受け取ったのは、蔵人頭明留《くろうどのとうあける》である。

金烏の従弟である明留もまた、少し彼と似て、若々しい美少年のような顔つきをしていた。

大貴族四家のうち、西領を治める西本家、その当主の次男である彼は、山内衆養成所である勁草院《けいそういん》に二年次まで在籍していた過去があり、雪哉とも同輩であった。

その生まれと金烏の信頼の高さから、若くしてすでに他の蔵人達をまとめる立場となり、多くの実務を任されている。

「朝廷の反応はどうだ」

金烏に問われ、明留はその秀麗な顔に真剣な表情を乗せた。

「今のところ大きな混乱もなく、どちらかと言えば好意的に受け取られているようです」

そうか、と呟き、金烏は御帳台《みちょうだい》にぞんざいにあぐらをかく。

日嗣の御子が不在のまま、八年が経とうとしている。

姫宮が生まれたこともあり、しばらくは皇子誕生を待つ向きがあったのだが、皇后懐妊の報は一向になく、それでも金烏は側室を迎えることに消極的であった。そして、金烏以外に宗家の男は、既に出家済みの長束と、譲位してから隠居を決め込む前金烏代、捺美彦《なつみひこ》しかいない。

――日嗣の御子は、金烏の指名と神祇官《じんぎかん》の長《おさ》たる白烏《はくう》の承認によって地位を確立する。

宗家に後継としてふさわしい者がいない場合、四家の者を親王として迎えることも認められている。しかし、そうした親王宣下《しんのうせんげ》の事例は何百年も前のことであり、大貴族四家がそれぞれに派閥を作ってしまった現在では、あまり現実的とは言えない。

はたしてどうしたものかといった空気が漂い始めていた数年前、金烏は、一人娘である紫苑の宮を後継者にしたいと言い出したのだった。

最初に聞いた時、雪哉はそれを名案だとはとても思えなかった。

確かに、宗室典範《そうしつてんぱん》において金烏が女であってはならぬという文言はない。だが、女が金烏になったという明確な記録もまた、存在していないのだ。

親王宣下と女金烏の即位、どちらがより貴族の大きな反発を招くか、分かったものではない。何より、金烏代の重責は、紫苑の宮の生涯から幸福を遠ざけるに違いなかった。

あまりに荷が重すぎると思ったのだ。

しかし、雪哉の主張を聞いた金烏は痛みをこらえるような顔で苦笑した。

「そもそも、内親王という立場は辛く、苦しいものだよ」

もし、そういった枷《かせ》のないことを彼女の幸福と考えるならば、姫宮をただの八咫烏とする道まで考えなければならない。姫自身のため、山内の民のため、将来を見据えて今は何をすべきと考えているかを、彼はとうとうと雪哉に語り、理解を求めたのだった。

逆に、女金烏に真っ先に賛同の意を示したのは、その兄長束であった。

かつて弟の立場を危うくするものと目されていた長束は、今や金烏の一番の理解者であることを隠そうともしていない。女金烏の即位を目指して立ちはだかる難題に頭を抱える腹心達に、自分が姫宮の後見として立つ、とまで言ってのけたのだ。

「これはただのお家騒動ではない。次世代の主君となるにふさわしい者を選ぶ、という話なのだ。私は、自家の利益しか頭にない四家の若造を宗家に迎えるなぞまっぴらごめんだぞ。それくらいならば、よっぽど紫苑の宮のほうがふさわしかろう」

そんな宗家の兄弟の意向を受け、本格的に、紫苑の宮を日嗣の御子とする準備が始まったのである。

幸いなことに、朝廷はこれに大きな反発を見せなかった。

ただでさえ、山内の存亡が問題となっている時期なのだ。ここでむりやり四家の子弟を日嗣の御子に指名すれば、大ごとになるのは必定《ひつじょう》である。となれば、お飾りでも何でも姫宮についてもらったほうが都合がよいかもしれぬ、というのが、その主な理由であるらしかった。

唯一の例外は、前《さき》の大紫《おおむらさき》の御前《おまえ》こと、紫雲《しうん》の院であった。

紫雲の院は、長束の実母である。今でも息子を金烏代に、という野望を捨てきれないと見えて、強硬に「女が金烏代になるなどあってはならないことだ」と主張した。

姫宮を女金烏に、という風が朝廷で吹き始めた頃、姫宮の食事に毒が盛られた。

確たる証拠は見つからなかったものの、状況を見るに、その黒幕は紫雲の院で間違いないと思われた。

当時はひやりとしたものだったが、怪我の功名ともいうべきこともあった。

その件を機に、後宮に残っていた女房の本格的な人員整理が行われるようになったのだ。

紫雲の院は、奈月彦が即位した後も浜木綿が皇后の座につくのを認めず、本来であれば譲るべき女宮の護衛団、藤宮連《ふじみやれん》の引継ぎを行わなかった。後宮の女房らは紫雲の院の息のかかった者ばかりであり、浜木綿の御方は後宮に入ることすら出来なかったのだ。姫宮が、小さな紫苑寺で養育された一番の理由はそれである。

だが、代替わりが行われた今、紫雲の院に藤宮連の正当な指揮権がないのは誰の目にも明らかであった。身勝手な紫雲の院に愛想を尽かし、宙ぶらりんな地位を不安に思う者も、藤宮連の中には少なからず存在したのである。

紫雲の院に従うか、浜木綿の御方につくかを迫られ、多くの藤宮連がその職を辞すことになった。中には新たな皇后に仕えたいと言う者もおり、全幅の信頼を置くには至らないまでも、少しずつ新たな藤宮連の登用、育成も行われるようになりつつあった。

皇后が正式に女屋敷全体の主となり、姫宮を招陽宮に日嗣の御子として迎え入れるための明確な第一歩として、本日、姫宮の挨拶が行われたのである。

過去には敵だらけだった朝廷であるが、現在では各部署に、金烏に代わって耳を欹《そばだ》てる者が多く存在している。明留のもとには、そういった者の意見が既に集められていた。

「おおむね好意的ではあるのですが、やはり『金烏陛下はまだ若い。焦ることはない』という意見が根強く残っておりますね」

「まずは四家の理解を得ないことには、なんともな」

頭を掻く金烏に、明留は苦笑する。

「女金烏という存在を、まだ真剣に想像出来ていないように見受けられます。登殿《とうでん》の儀は四家の若君を迎えることになるのかと、笑い話のように語る者もいたようですよ」

登殿の儀は、日嗣の御子の正室、桜《さくら》の君《きみ》を選ぶための儀式である。

四家を代表して年頃の姫が集められ、桜花宮《おうかぐう》にて互いに切磋《せっさ》琢磨《たくま》しあい、未来の皇后としてふさわしい者となるべく研鑽《けんさん》を積む――という建前となっている。

だが、その実態は泥沼の争いだ。

浜木綿を正室として迎えた時にも、死人が出る騒ぎとなったのだ。当時、若宮だった主君の近習《きんじゅう》としてそこに至るまでの諸々を見届ける羽目になった雪哉からすると、登殿と聞いても嫌悪感しか覚えない。

しかし当事者だった金烏は、なるほどそうか、と呑気に手を叩いたのだった。

「正式に姫が日嗣の御子となった暁には、そういった準備もせねばならんな」

どこまで本気か分からない主に、雪哉は己の頬が引き攣《つ》るのを感じた。

「ちょっと、冗談でもお止め下さい！　陛下の登殿でさえあんな大事になったのに、そんな馬鹿な真似が出来るわけないでしょう」

恐ろしいことに、雪哉の剣幕を前にしても金烏は不思議そうな顔をする。

「それほどおかしな話だろうか……？」

「一波乱があるのは目に見えています。姫宮に余計な苦労をさせる必要がありますか」

姫宮の相手としてふさわしい、人品卑《じんぴんいや》しからぬ若者をこちらで選ぶほうがはるかにましに決まっている。

「遊びじゃないんですから、姫のために、もっと真剣に考えて下さい」

苦々しく言った雪哉に、そうか、と金烏がしおしおと大人しくなり、明留が取り成そうとした時だった。

りん、と控えめな鈴の音が響いた。

これは、既に金烏が休んでいた場合、その眠りを妨げないよう、火急ではない用件がもたらされた時の報《しら》せである。

「何事だ」

金烏が声をかけると、「お休みのところ失礼いたします」とかしこまった山内衆の声が響いた。

「紫宸殿《ししんでん》に、外界遊学中の千早《ちはや》が参っております」

「千早が？」

金烏が目を瞬く。

普通、こうした場合には先に連絡があるはずである。

「何か緊急の用でもあったのか」

明留が心配そうに言うと、扉の向こうの山内衆が軽く笑う気配がした。

「どうかご心配召されませぬよう。千早が言うには、『たまたま帰って来られただけ』とのことです。深刻な問題は何も起こってはおりません」

ちょうどここに明留や雪哉が揃っていると聞き、駄目でもともとのつもりで参上したのだという。

それならば何も問題はない。

すぐに通させると、背の高い、だが少し骨ばった印象の短髪の男が、扉の陰からぬうっと姿を現した。

「千早、よく戻った」

金烏が朗らかに言うと、無表情のまま、一度胸元で合わせた両掌を広げるようにして敬礼をする。

「金烏陛下に、新年の御祝を申し上げます」

「うん、おめでとう」

楽にしていいと言われ、千早はすんなりと敬礼を解いた。

こちらへ、と勁草院時代からの付き合いである明留から嬉しそうに声をかけられ、言われるままに進み出る。

「しかし、急にどうしたのだ。帰還の予定はなかっただろう？」

明留に訊かれ、千早はそっけなく返す。

「逃げてきた」

雪哉も明留も意味が分からずにぽかんとしたが、それだけで、外界への遊学経験のある金烏はあらかたの事情を察したようであった。

「ああ。天狗《てんぐ》は容赦がないからな。この時期は『ボーネンカイ』に『シンネンカイ』に、色々連れまわされるだろう？」

「顔つなぎも仕事と心得ておりますが……」

「『シンネンカイ』が始まる前に戻って来たのだな」

ご苦労だった、と主君から同情され、千早はどこかしょっぱい顔になった。


千早は、金烏が直々に指名した、外界遊学を認められた最初の山内衆である。

山内の崩壊にあたり、外界からの山内存続の可能性を探るため、また、一族の者を外界に避難させる可能性も視野に入れ、本格的な派遣を行うことになったのだ。

これまで外界との貿易を一手に引き受けていた南家は難色を示し、天狗と交渉するのにも時間がかかったが、ようやくその段取りがついて山内衆の派遣が可能となったのは、つい一年ほど前の話である。

もともと候補になっていたのは雪哉であったが、緊急時には全軍の参謀役に任命される身上のため、山内を離れることは許されなかった。

そんな雪哉の代わりに名前が挙がったのが、千早であった。

勁草院時代から、千早は頭も身体能力も良い代わりに、恐ろしいほど寡黙な男であった。積極的に人間達と交わり学んでいく立場として適当なのかと訝《いぶか》しむ周囲の声を聞いた上で、金烏は千早を大役に任命した。

任命当初から本人は嫌そうにしていたが、それは実際に外界に出て、一年が経った今でも変わらないようであった。

「して、外界はどうだ」

「相変わらずです」

正直、私の手には余ります、と千早は投げ出すように言う。

遊学者をもっと増やすべきです、と、報告のため山内に一時帰還した時から、千早は進言を続けている。

「外界を見た者と、そうでない者の間では、天と地ほどに意識に差が出来るでしょう」

「意識とは」

「危機感です」

山内が崩壊した場合、八咫烏の一族は外界に出て行く必要に迫られるかもしれない。その避難先として外界を見た時、何を思うか。

「少なくとも自分は、山内を出てあそこで生きていく気には到底なりません。それくらいなら、ただの烏になったほうがまだましです」

その言葉に、明留がハッと息を呑む。

「お前、自分が何を言っているのか、分かっているのか」

山内から、特定の『門』を使わずに外に出た場合、八咫烏の一族は神性を失い、たちまちただの烏になってしまう。

「これは、命がありさえすればいいという問題ではないのだぞ。山内の文化が失われれば、それは八咫烏の一族が滅亡するのと同じことだ」

明留が焦ったように言っても、千早はどこ吹く風である。

「同じ外界に出るなら、ニンゲンのふりをするのではなく、ただの烏として生きたほうが楽だろうと言いたいだけだ」

「――我が一族は、山内と共に滅んだほうがましだとでも？」

雪哉は、己の眉根が自然と寄るのを感じた。

雪哉の顔を見た千早は、「少なくとも私は――」と怯むことなく続ける。

「山烏は、転身《てんしん》に抵抗がないものでな」

「またそういうことを言う……」

そっぽを向いてしまった千早に、明留はがっくりと肩を落とした。

「お前らしいことだな」

雪哉も、思わずため息をついた。

千早は、山烏《やまがらす》と蔑《さげす》まれる平民階級出身のせいか、昔から極端なところがあった。

足を切られ、農場で一生を『馬』として過ごすかもしれないという幼少期を過ごしたせいか、宮仕えするうちに、価値観がずれていると感じる部分が見え隠れしている。

外界への偵察として千早を最初に送り込んだのは、やはり間違っていたかもしれないと思った。

「貴族と庶民の考え方の違いやもしれません」

明留と雪哉をちらりと見て、最後は適当に千早は締めくくる。

「ふむ」

金烏は口元に手を当て、少し考え込んだ。

「……かつて、皇后も似たようなことを言っていたな」

雪哉は驚いて、思わず金烏の顔をまじまじと見た。

「浜木綿の御方が？」

「うん。ただの烏になってもいいではないか、とな」

金烏はぼんやりと手元を見つめながら続ける。

「一番大事なのは生き延びることだ、と。そうすれば、いつか見えない出口が見つかる時が来るかもしれない。そう言っていた」

どういった流れでそんな話になったのかを考えると、雪哉はそれ以上踏み込むことが出来なかった。

「では、陛下も一族の者がただの烏になり果てても構わないとお考えなのでしょうか？」

明留が恐る恐る問うと、金烏は「いいや」とあっさりそれを否定した。

「そうは言っていない。だが、このままだとそうならざるを得ない、とは思っている」

だから危機感なのだろう、と金烏から視線を向けられ、千早は無言で頷いた。

「外界で生きていくとはどういうことか。それを知って山内の崩壊に向き合うのとそうでないのでは、対処の仕方がまるで変わってくるでしょう。八咫烏の一族が外界に逃げるということがあったとしても、おそらく今のままでは、全ての八咫烏に人のふりをさせるのは不可能です」

協力を取り付けたとはいえ、四家は負担の増加を渋り、未だその対策は本格的とは言い難いのが現状である。一度、外界をその目で見れば、四家も悠長なことを言ってはいられないだろうと千早は言いたいらしい。

「外界に出たくないと心《しん》から思えば、今よりもっと山内崩壊への対策に熱心になるでしょうね」

千早の言葉を真剣な眼差しで聞いていた金烏は「うん」と頷き、おもむろにこちらを見た。

「雪哉。やはり一度、そなたは外界を見て参れ」

唐突な話に、雪哉は目を剝《む》いた。

「この状況で、私に山内を離れろとおっしゃるのですか？」

これから、姫宮を女金烏とするための工作を始めようという時期なのだ。いかにして四家の連中を丸め込もうかと考えていたというのに、いきなり何を言うのかと思った。

だが、金烏はいたって本気であった。

「この状況というが、これから山内の状況が悪くなることはあれど、良くなることはあるまい」

行くなら今だ、ときっぱりと言い切る。

「長い目で見れば、そのほうがきっと八咫烏にとって利益になる」

「陛下がそうおっしゃるなら、否やはございませんが――」

「では決まりだ。すぐに天狗と調整をしよう」

春からが望ましいが、どうかな、とブツブツ呟く金烏に、明留は「お待ちを！」と慌てたように声を上げる。

「雪哉には任せている件が多くございますので、そんな急に外界に出られてしまっては困ります。天狗のほうにも都合があるでしょうし」

「それもそうか」

「どんなに早くても、夏になってしまうのではないかと」

雪哉が嘴《くちばし》を挟む隙もなくどんどん話が決まっていく。覚えず苦い顔になっていると、ふと、金烏は首をひねった。

「夏か」

雪哉へと視線を向け、「なるほどな」と一人で得心したように何度も頷く。

こういう時の主君は、大抵ろくなことを言い出さない。

「あの、夏が何か？」

「いや、夏に行くなら間に合うな、と。お前が外界に行く前に、一仕事してもらおうかと思い立って」

「一仕事？」

「姫の護衛だ」

姫宮の護衛は、もともと山内衆たる雪哉の役割である。今更何をと思ったが、金烏が言いたかったのは紫苑寺の警備ではなかった。

「元日朝賀の、次の手だ。姫には、徐々に金烏の務めの肩代わりをさせて行こうと考えていたのだ」

「それは、私としても賛成ですが」

「姫に、地方への行啓《ぎょうけい》をさせたい」

奈月彦と長束の祖父、長津彦《なつひこ》の代には折に触れて金烏が地方に足を運ぶことがあったが、宮廷に籠りがちだった先代、捺美彦《なつみひこ》の時代には、すっかり行われなくなっていた。

猿との戦いによって幕を開けた奈月彦の代にはそれどころではなかったが、いよいよ平和な時代になり、地方への御幸《みゆき》を望む声も聞こえ始めている。

「実は、東家当主から花祭りへの誘いが来ていてな」

東家は、先ごろ若くして当主が隠居し、新たな当主が立ったばかりである。

東領では春に大規模な花祭りが行われ、過去には金烏が東家当主に代わり、山神への祭祀を執り行うことが度々あった。

四家の貴族達にとって、自分の領地に宗家の者がわざわざ足を運ぶのは名誉である。あちらとしては、金烏が新しい東家当主を信頼している姿を領民に見せたいという気持ちがあるのだろう。

「私としても、これは良い機会だと考えている」

――金烏の代わりに、姫宮がその役目をまっとうする。

元日朝賀と同等か、それ以上の意思表示になるが、民衆に先んじてその姿をさらすことで、その支持を集める狙いもあると言う。東家としても、金烏の代わりに内親王が来れば、信頼の証《あかし》と捉えるだろう。

実際に手配を行う者は厄介だとため息をつくかもしれないが、その分、大きな効果が期待出来る。

「何より、姫宮に多くの経験をさせ、地方を見て回らせたい。中央だけでなく、自分の治める山内を、隅から隅までその目で見せたいのだ」

「などと言って、本当は姫宮が花祭りに行きたがっていたから、という思いもあるのでは？」

明留が、少し困った顔で言う。

以前、金烏自ら姫宮に東領の花祭りについて語り、彼女は大いに関心を示していたらしい。

「正直、そういった部分もないこともない」

ははは、と金烏はあっけらかんと笑う。

「だが、行啓を姫に任せたいと思っていたのは本当だ。東家に打診してみないと何とも言えないが、実現した場合、護衛をそなたに頼みたい。場合によってはちょっと出歩かせても構わん」

「は？　正気ですか！」

「そなたが一緒にいるのなら、そうそうおかしなことも起こるまい？」

にっこりと微笑まれれば、ぐうの音も出ない。

「……承知いたしました」

「姫には、出来る限り色々な体験をさせたいのでな」

その身がまだ軽やかなうちに、と金烏は呟く。

金烏は、いつの間にそんな場所に行ったのかと耳を疑うほどに、地方のことをよく知っていた。若宮であった時分、その放浪癖には護衛としてさんざん悩まされたものであったが、今ではそれが嘘のように、金烏の挙動は慎重になっている。

「今思うと、私も若いうちにあちこち放浪出来たのは、本当にためになったから」

「いや、その分、さんざん迷惑をかけられましたけどね、澄尾《すみお》さんと私は」

思わず雪哉の物言いがぞんざいになったが、今は怪我から護衛の役目を辞した友人の名に、懐かしいな、と主君は目を細めた。

それにしても、四家の招待に応じて姫宮を送り出すなど、朝廷の、九割九分九厘が敵だと語っていた頃を思えば、夢物語のような話である。

同じことを思ったのか、つと金烏は側近たちの顔をぐるりと見まわし、感慨深げに呟いたのだった。

「……いつの間にやら、私の一厘も随分大きくなっていたものだ」

後日、東家から姫宮を歓迎する旨が伝えられ、ほぼ同時に、天狗からも雪哉の受け入れを認める報せがきた。やはり遊学に出られるのは夏以降で、正式に東領へ姫宮の護衛をした後、外界に出向くことが決まったのである。

引き継ぎのため、周囲の者にはすぐにその件は周知されたが、肝心の姫宮には何と伝えて良いものか分からなかった。

雪哉自身の口から伝えたほうがいいのではないかと皇后には言われたが、会いに行く度に嬉しそうな顔をされると、どうにも言い難くなってしまう。

そうこうしている間に、花祭りへ向かう準備だけが着々と進んでいったのだった。

＊　＊　＊

花祭りは、山神の降誕会《こうたんえ》である。

降誕会そのものはいたる所で行われるが、東風郷《こちごう》における花祭りは少し特殊で、また、山内のどこよりも特別なものとされていた。

東風郷の郷長屋敷《ごうちょうやしき》と、郷で最も大きな寺院は、花山《はなやま》と呼ばれる山の麓に存在している。山頂には小さな社《やしろ》があり、降誕会には子ども達が自ら飾った花御堂《はなみどう》を運び、山頂に降りてきた山神を寺院に連れてくる、ということになっていた。

麓の寺院には大舞台があり、花祭りの間は、そこでさまざまな神楽《かぐら》が奉納され、連れてきた山神を楽しませるのである。

そして山神に付き従い、山神の庭に奉仕する先祖代々の祖霊もまた降りてくるのだと伝えられている。そのため、祖霊が気兼ねなく祭りを楽しめるよう、人々は何らかに扮し、一見して自分が自分と分からないように装うのが礼儀とされているのだった。

天女、化け狐、赤鬼、ひょうきんな面と、その姿は様々だ。

山の麓には屋台が並び、寺以外にも簡易な舞台が設けられ、腕利きの楽師が絶えず音楽を奏で、領のいたるところからやって来た花乙女《はなおとめ》が舞い踊る。

だが、何よりこの山の花祭りが特別なのは、他に理由があった。

この時期になると、必ず花山一帯が、一斉に花を咲かせるのである。

しかも、その数が尋常ではない。初春にほころぶはずの梅から初夏を盛りとする躑躅《つつじ》や藤まで、まるで示し合わせたかのように、ありとあらゆる花が息を合わせて開花するのだ。

その様は、夜でも山が明るく輝いて見え、水と空気は蜜の味がするほどであるという。

これは、山神が実際に花山に降臨している証であると言う者もいて、百花が咲き誇り人々が華やかに仮装する光景は、「山内一番の美しさ」と有名なのであった。


姫宮が東領にやって来た日は、快晴であった。

溢れかえる花と浮き立つ民衆の頭上を、飛車は盛大に鈴を鳴らして飛行する。

金の飾りがぴかぴかと反射する飛車の中には、内親王が乗っている。その周囲を守るように飛んでいるのは、駿馬《しゅんめ》に跨《また》がる山内衆だ。

一糸乱れぬ編隊を組んで飛行する様に気付くや、民は声を上げてそれを見送った。いずれも顔を輝かせ、中には拍手をしたり、手ぬぐいを振ったりする者もいる。

領民の反応が良好なことを確かめつつ、雪哉は飛車に最も近い位置で大烏《うま》に乗って飛んでいた。

何度かの休憩は挟んでいるものの、姫宮が体験する初めての長距離の移動だ。

飛車の中には世話役の女房と羽母子《めのとご》も一緒に乗っているが、体調を崩していないかが心配だった。

目指す寺院が視認出来た時点で、先頭を行く山内衆が笛を鳴らす。

事前に確認していた通り、寺院の敷地内には丁寧に掃き清められた車場が用意され、出迎えの者が勢ぞろいしている。

山内衆の各人が声を合わせて誘導し、御者が指示をした通りに、飛車は着陸した。

車場にはきちんと水を撒《ま》いてあったと見えて、砂埃ひとつ立たない。

「お加減はいかがです？」

馬から飛び降りて一番に声を掛けると、すぐに物見が開いて澄んだ黒い瞳が現れた。「わたくしと茜《あかね》は平気」と、お付きの女房ではなく姫宮自身が応じる。

「でも、菊野《きくの》は少し酔ってしまったみたい」

「この後、少しお休み頂けます。姫宮殿下だけでも、先に東家当主よりご挨拶を受けられますか？」

「はい。もちろんです」

馬を車から放し、姫宮が下りるための踏み台と緋毛氈が用意されるまでの間、雪哉は先んじて伽藍《がらん》の前で待機する官吏達のもとへと駆けた。

その最前列でこちらを見ているのは、他でもない、金烏を東領へと招こうとした張本人である。

「ようこそいらっしゃいました」

新たな東家当主青嗣《あおつぐ》は、そう言って雪哉に優雅にお辞儀をして見せた。

唇は薄く、眉も細いが、垂れた目じりとほんのり浮かべた笑みのせいか、もの柔らかでおっとりとした印象の男だ。色白で髭《ひげ》はなく、西家の者のように派手な美形というわけではないが、貴族らしく上品な顔立ちだと言えるだろう。

東家当主は、比較的早いうちに当主を交代する傾向がある。

彼らに言わせれば「より時代に即した判断が出来るように」とのことで、青嗣も三十代にしてその地位についていた。年の割に若い見た目をしているが、侮《あなど》られるような腰の弱さは感じられず、その笑みは、食えない狸と噂される父親によく似ていた。

何度か顔を合わせたことはあるが、こうして間近に接するのは初めてである。

「青嗣殿、わざわざのお出迎え、恐れ入ります」

「何の、何の。雪哉殿こそ、遠路はるばる、お疲れ様でございました」

大貴族四家の当主とは思えぬほど気さくに笑い、「姫宮においで頂けるなんて、東領全体にとって大変な名誉です」と言う。

「確かに、すごい声ですね」

寺の外からは、今も歓声が聞こえていた。

「姫宮殿下も喜ばれることでしょう」

しかしそれを聞いた青嗣は「おやおや」とおどけて見せた。

「もちろん、姫宮殿下のおでましに我々は大変感動しておりますが、決してそれだけではないのですよ」

「と、おっしゃると？」

「彼らは、山内衆に熱狂しているのです」

言われて、思わず飛車の周りを固める仲間の山内衆を振り返る。

馬の首には日輪に下がり藤の刺繍のされた紫の旗が垂れていた。黒装束に赤い紐が映え、見事な飾り太刀が春の陽光のもとでまばゆく輝いている。

「東領の民は、中央の山内衆の活躍をよく耳にしているのですよ」

理解しかねている様子の雪哉を見た青嗣は、丁寧に説明を加えた。

「ここは東領、楽人の聖地です。いたるところに舞台が置かれ、毎日のように見世物が上演されています。当然、前《さき》の大戦も歌劇となっている」

つい、ぴくんと右手の指先が動いてしまう。

「歌劇」

「ええ。今や山内衆は、英雄なのですよ」

特に、猿退治の話は受けがいいという。あの大戦がひとつの語り物になってしまっていると聞いて、何とも苦いものがこみ上げた。

「なんとまあ」

有難迷惑ここに極まれりだと思ったが、それを言うのも角が立つ。どう返すべきか迷っていると、青嗣は笑みを深くした。

「一番人気があるのは、他でもない、あなたです」

一瞬、表情を作りそこねた。

「……何ですと？」

「前線で活躍された山内衆のお名前は、多少なりとも伝わっておりますので」

北本家出身にして、史上最年少で全軍の指揮を任された若き俊英。

「あなた以外に、一体誰が英雄と言えましょう？」

今度こそ、声が出なかった。

雪哉が猿退治を行う演目は、『弥栄《いやさか》』と呼ばれて有難がられていると言う。

――よりにもよって。

「滞在中、貴殿にもご覧頂けると良いのですが……。ちなみに、私も『弥栄』は大好きです。あなたとこうしてお話し出来て、そういった意味でもちょっと嬉しいくらいですよ」

青嗣は茶目っ気たっぷりに微笑する。

「ははっ。光栄です」

雪哉は笑った。

笑うしかなかった。

すでに緋毛氈が敷かれ、姫宮が現れる準備は整っている。適当に話を切り上げ、雪哉は姫宮のもとに早足で戻ったのだった。


休憩所として整えられた講堂で一息ついた後、姫宮は衣服を儀式用のものに改めた。

「姫さま、とってもきれい！」

そう言ってはしゃぐのは、姫宮の羽母子である茜だ。

その肌はほんのりと浅黒く、くるくる変わる表情と合わせ、健康的で愛らしい娘だ。

彼女の父は元山内衆の澄尾であり、母は西家出身の姫、真赭《ますほ》の薄《すすき》である。

彼らは険悪な仲だと思っていたのだが、何がどう転んだのか、姫宮が生まれてしばらくして、身分違いの二人は夫婦《めおと》になった。

一緒になってからは仲睦まじく、今も腹に子があるということで真赭の薄は宿下がりをし、彼女付きの女房であった菊野がその代役を務めているのだった。

姫宮より年少である茜は、双子で生まれた姉妹の片割れである。

双子にありがちなことに、もう一人の娘である葵《あおい》は姫宮の遊び相手を務められないほどに病弱であると聞いている。茜のほうはいたって健康で、それどころかややお転婆《てんば》の気があった。いつもは木を見れば登りたがり、男の子を見れば駆け比べをしたがるのだが、両親からよくよく言い聞かされていると見えて、紫苑寺を出立してからは大変聞き分けが良く、我《わ》が儘《まま》も言わないので助かっていた。

茜の同行は、警備が大変になるので当初は予定になかったのだが、「せっかくだ。一緒に楽しんでくればいい」という金烏の一声で決まってしまった。物見遊山《ものみゆさん》ではないのだからと呆れる一方、妹のような彼女のおかげで楽しそうにしている姫宮を見れば、そうそう文句も言えないのだった。

これから、姫宮は山から下りてきた神輿《みこし》に宿るとされる山神に甘茶を捧げ、境内に設けられた舞殿の神楽を観覧する予定となっている。境内は民衆にも開放されているので、姫宮は初めてその姿を民の前にさらすことになるのだ。

またあとでね、と手を振り交わし、茜と菊野は先に舞殿へと向かった。それからいくらもしないうちに神兵に呼ばれ、姫宮と、その周囲を固める山内衆は本堂へと歩を進める。

講堂を出ると、庭を挟んだ向こう側には警護の兵に足留めされた民衆が押し合いへし合いしている。

その顔には一様に、好奇の色が浮かんでいる。

彼らが裳着前の内親王を一目見ようとしているのは明らかであり、それに気付いた東領が手配したお付きの者が、さっと翳《さしば》をかざして姫宮の顔を隠そうとした。

「雪さん。あの方たちは？」

「何でもありません。お捨て置き下さい」

姫宮は足を止め、そっけなく言った雪哉をまじまじと見つめた。

「でも雪哉。陛下は、みんなに好きになってもらえるよう、努力せよとおっしゃいました」

それに、わたくしを見てもらうためにここまで来たのでしょう、と言われ、「それはそうなのですが」と言葉に詰まる。

「陛下からのご命令は、しっかり果たさなければなりません」

そして、「それは結構です」と、お付きの持つ翳を指さした。

「あの、内親王殿下。結構とは……？」

「使わずともよいと申しておる」

姫宮は有無を言わさぬ笑顔でやわらかに命令し、慌てるお付きや雪哉を無視して、自身はさっさと本殿に向かって歩きだした。

「姫宮殿下の御なり」

はやしたてるように太鼓が鳴らされ、神楽鈴と笛の音が響き渡る。

本堂と舞殿の間には人が詰めかけ、こちらを窺《うかが》っている。

元日朝賀とは比べものにならないほどの人の数である。

雪哉は警戒して、姫宮のすぐ隣、万が一に矢でも射込まれたとしても、自分が盾になれる位置についた。

一方、落ち着いた様子の姫宮は山神の神像に甘茶をかけ、滞りなく山神への祝詞《のりと》を捧げると、舞殿に向かって整えられた観覧席へと向かった。

観覧席には御簾が下ろされていたが、姫宮は躊躇うことなくそれを上げさせる。急に姿を現した姫宮に、民衆は息を呑み、その姿に釘付けとなった。

息を凝らすようにしてこちらを見守る民の前に、姫宮は堂々と進み出ると、にっこりと微笑んで見せたのだった。

途端に、わっと歓声が上がる。

「姫宮殿下！」

「紫苑の宮さま！」

歓声と拍手が一緒くたになり、自然と、楽師達が拍子をとり始める。

太鼓と鉦《かね》、拍手、「あい、あい」という合いの手の声が次第に揃い、そこに神楽笛が入り込む。しゃんしゃんと振り立てる鈴の音が合わさった時、舞台に着飾った舞手が飛び乗った。

どん、どん、と足を踏み鳴らすのに合わせ、次第に音楽が整い、観衆の視線も姫宮から舞台上へと移っていく。

宮廷の奉納舞とは、全く違う。

土臭くて素朴だが、それゆえににぎやかで楽しそうである。

とはいえ、雪哉は神楽など見ている暇はない。怪しい者がいないか注意深く視線をめぐらせ、あちこちに紛れ込んでいる仲間の合図を待って、ようやく姫宮に声をかけた。

「姫さま。もうお座りになっても大丈夫です」

「ありがとう」

促されて腰を下ろした姫宮は、それから一刻もの間、大きな目をまん丸にして、熱心に神楽を観覧したのだった。


日が傾いた頃、ようやく奉納舞は終わりを迎えた。この後、舞台は民間の楽人達が交代で使い、それぞれが歌い踊りあかすのである。

姫宮の主だった役目も、これで一区切りついたことになる。

奉納舞が終わった段階で、姫宮は講堂へと戻り茜達と合流した。

無事に儀式を終えたなら、多少のお忍びもよいと許しを得ているのだ。

参道では満開の花に埋もれるようにして、たくさんの出店がこの地方特有の珍しいものを売っていた。あまり遠くには行けないが、少し見て回るだけでも充分に楽しめるはずである。

正体を気取られるわけにはいかないので、姫宮には顔を隠す工夫が必要になってくる。花祭りの特性上、何かに扮する必要があるというのは、ある意味非常に都合がよかった。

姫宮と茜は、女房によって白く顔を塗られ、可愛らしく頬紅をさした。材料はそれほど上等なものではないが、丁寧に作られた衣装を身に纏う。

胡蝶《こちょう》の舞の衣装を模しているそれは、平民の母親が作ったものに見える。色紙の冠に山吹の花を挿し、背中に大仰《おおぎょう》な飾りを着ける代わりに、手を広げると袖の裏側が蝶の羽に見えるよう、何種類もの端切れを縫い合わせてあった。

二人は厚化粧を施されたお互いの顔を見て笑い、手を広げてくるくるとその場で回ってみせた。

普段、小さな大人のような姫宮の年相応な姿に、雪哉の頰も自然と緩んでしまう。

今日は、菊野と雪哉が夫婦、姫宮と茜はその娘達という体《てい》で歩き回る手はずとなっている。当然、周囲に溶け込む姿で山内衆がその前後左右を固めているが、パッと見ただけでは、ただの仲の良い家族に見えるはずだ。

雪哉が着替え、後は菊野がそれらしい恰好になるだけ、という段になった時だった。

「雪哉さま。少々よろしいでしょうか」

講堂の入り口で控えめに声をかけて来た男の姿に、嫌な予感がした。

「何事でしょう」

雪哉を呼んだ男の顔には見覚えがある。確か、青嗣の側近であったはずだ。

「実は、当家の当主が雪哉さまに、急ぎお話ししたい用件があると」

一瞬閉口し、姫宮たちに視線を走らせる。

「――今からか」

「はい。これを逃したら、もうこんな機会はないものとお考えです」

慇懃《いんぎん》な口調で、表情も朗らかだが、これは間違いなく新当主からの命令だった。

雪哉は、青嗣とまともに話したことはない。だが、中央でいくらでも顔を合わせる機会はあるのだ。なぜわざわざ今日この時、この場所なのかを考えると、いささか不穏な気配を感じなくもない。

柄にもなく雪哉が口ごもっていると、つと、袖を引かれた。

「雪哉」

見れば、姫宮が青く澄んだ瞳でこちらを見上げていた。雪哉が口を開く前に、姫宮はふわりと裾を捌《さば》いてその場に腰を下ろした。

「どうぞ、行ってらっしゃいませ」

「姫さま。陛下からは、殿下がお忍びをするならば私の護衛付きで、と厳命されております」

「存じております」

でも、呼ばれているのでしょう、と姫宮はこてんと首を傾《かし》げた。

「きっと、大事なお話のはずです。わたくしたちのことは気になさらず。どうぞ、後顧《こうこ》の憂《うれ》いなきよう、お勤め下さい」

妙に大人びた口調に面食らう雪哉に、姫宮は恥ずかしそうに笑った。

「……お母さまがね、金烏陛下にそう申しあげていたの」

まねっこです、と。

「でも、ちゃんと意味は分かっています」

姫宮にそう言わせてしまうことが情けなく、しかし同時に、ひどく有難くもあった。

「姫宮殿下の御心、かたじけなく存じます。なるべく早く帰って参りますので、お待ち頂けますでしょうか」

「もちろんです。どうぞ、お気を付けて」

東家当主からの要請があった時点で断われないとは思っていたが、その言葉でようやく踏ん切りがついた。

改めて使いの者に向き直り、告げる。

「これより参ります」


他の山内衆に指示を出し、手早く羽衣《うえ》に着替えた雪哉は、申し訳なさそうな顔をしながら講堂を出て行った。

そして、その後ろ姿が見えなくなった瞬間、紫苑の背後で、誰かが洟《はな》をすする音がした。振り向くと、茜がおしろいを全て洗い流す勢いでぽろぽろと涙をこぼしていた。

「茜！」

どうしたの、と驚いて声をかけるが、茜の泣き声は止まるどころか、いっそう激しくなる。

「姫さま。な、なんで雪哉に、行って良いなんて言っちゃったの。今日は、楽しんできてって、お母さまも言っていたのに！」

「でも、仕方ないよ。雪さんのお役目だもの」

「ぜ、絶対に帰ってこないよ。だって雪哉、いつもすぐ戻るって出て行って、ぜんぜん帰ってこないもの」

「ごめんね、茜。わたくしのせいで、ごめんね」

お祭り行きたかったよね、と茜の手を握った途端、「違うの」と金切り声で返される。

「そうじゃなくて、姫さまが可哀想なの！」

虚をつかれて、一瞬口を閉ざす。茜の勢いは止まらない。

「わたしはいいよ。お母さまもお父さまもいるもの。いっしょに遊びに行けるもの。でも、姫さまはそうじゃないもん。いつもいっぱい勉強してさ、大変なのに、雪哉は姫さま振りまわしてばっかりだよ」

ひどいよ、と言って蹲《うずくま》りしゃくりあげる茜に、紫苑は目をぱちくりした。

確かに、約束が何度も反故《ほご》になってしまったことはあったが、それは雪哉に大事なお役目があるからこそだ。一方でこちらの用といえば、紫苑の作った食事を一緒に食べようとか、射干《しやが》の群生を見に行こうとか、茱萸《ぐみ》の収穫をしようとか、ささやかな話ばかりである。

その忙しさを思えば、むしろよく来てくれるほうだと思っていた。茜がそんな風に感じているなど、全く思いもしていなかった。

「茜は優しいですね。でも、ほら、そんなに泣いては、姫宮さまも困ってしまわれますよ」

菊野が宥《なだ》めようとしても、茜は膝に額を押し付けるようにして、一向に顔を上げようとしない。

菊野が困った顔でこちらを見て、謝るかのように小さく頭を下げた。その背後では山内衆たちが、なんとも気まずそうに視線を泳がせている。

茜と菊野、山内衆を順繰りに見まわし、紫苑は名案を思い付いた。

「茜に、お願いがあります」

意識してはっきりとした声を出せば、その勢いにつられるようにして茜が顔を上げる。

可哀想に、呼吸は荒く、目が真っ赤になってしまっている。

「わたくしの代わりに、藤のてんぷらを買ってきてほしいの」

茜はぽかんと口を開けた。菊野もだ。

「てんぷら……?」

「うん。陛下に教えて頂いたの。あのね、東領では藤のてんぷらがあって、ほんのり甘くて、とってもおいしいのですって。でも、藤は宗家のおしるしだから、本当はそんなことしちゃダメなの。ダメだけどおいしいから、みんな、こっそり食べるしかないんだって」

寺の一角に、藤棚が満開になっているのを見かけた。

おそらく、藤のてんぷらが本当に東領で食べられているのだとしたら、今が旬のはずである。

「あんなにいっぱい出店があるのだもの。きっと、どこかで売っているはずよ」

それを買って来てほしいの、と言われ、茜は目を白黒させた。

「お待ち下さい、姫宮殿下」

慌てて声をかけて来たのは、それまで静かに控えていた山内衆である。

「まずは、雪哉殿に許可を得ませんと。勝手なことは――」

「わたくしは、ここで本を読んでいます。菊野と茜で出ていくだけなら、皆はこのままで大丈夫でしょう?」

真正面から微笑んでやれば、焦っていた風の山内衆は口を閉ざした。

紫苑は茜に向き直る。

「お母さまたちに、たくさんおみやげを約束しちゃったもの。わたくしはここにいないといけないから、茜と菊野に行ってきてもらわないと」

「殿下」

「だめですか?」

諫《いさ》めるような声を上げかけた山内衆は、駄目押しのように再度微笑みかけると、眉根に皺《しわ》を寄せてぐっと黙り込んだ。

「……いいえ。何も問題はございません」

「なら、良かったです」

「ですが、大人が菊野殿だけでは心配です。東領に配属されている兵を借りるべきかと」

「それは、とてもよい考えですね。手配して頂けますか?」

「はっ」

山内衆は急ぎ足で講堂を出て行き、紫苑は茜の手を取った。

「外に何があったのか、わたくしにもいっぱい教えてちょうだい。変わったおみやげをたくさん買ってきてね」

「はい。いっぱい、いっぱい買ってきます」

涙を拭き、茜は決然とした面持ちで何度も頷く。

「ありがとう。とっても頼もしいわ」

言ってから視線を向けると、菊野は少し悲しそうな表情でこちらを見ていた。

「菊野。お願いしますね」

「はい。あの、殿下……」

「わたくしは大丈夫」

強がりではなかった。

確かに、出かけられないことは残念だったが、それよりも、自分がわがままを言ったせいで、雪哉達に迷惑をかけてしまうことのほうがよっぽど恐ろしかった。

「それに、雪さんが早く戻って来てくださるかもしれないし」

おとなしくお待ちしておりますと言って、紫苑は笑った。


東家当主青嗣は、郷長屋敷の客殿にて、雪哉を待ち構えていた。

暮れなずむ空は薄紫だ。

青嗣は濡れ縁で庭先の白躑躅《しろつつじ》を眺めていたが、すでに首元は寛《くつろ》げており、酒器や肴《さかな》とおぼしきものがその手元に並んでいた。

「遅くなりました」

「いえ、いえ。急にお呼び立てして申し訳ありませんでしたね」

そう言ってこちらを見る青嗣は相変わらずの笑顔だ。

「して、急な用件とは？」

「実は、そんなものありません」

からかうように言われて、つい顔が強張りそうになる。

「は？」

「あなたと、是非一度ゆっくりお話をしたいと思っていたので」

「私と」

「ええ。これがよい機会かと」

まずはお座り下さい、と笑顔のまま勧められ、ため息をぐっとこらえた。

今になって姫宮を置いてここに来てしまったことへの猛烈な罪悪感が襲ってきたが、ここで踵《きびす》を返すわけにもいかない。

腰を下ろし、大人しく酒を酌み交わすことにした。

白壁の向こうからは、絶えず神楽の音が聞こえている。

淡い色に染まる空には、朧月《おぼろづき》と呼ぶにはあまりに強い光の、大きな月が出ていた。

酒の味や今日見た神楽の話など、当たり障りのない話題をつなぎながら、静かに杯に口を付ける。酒が少なくなると、どこからともなく女房が現れ、存在感の希薄なまま酒を注ぐのを見て、よく仕込まれているな、と思った。

二人同時に酒を飲み干し、沈黙が落ちる。

とくとくと、また女房が酒を注ぐ音だけが響く中、青嗣が口火を切った。

「よく似ていると言われるのですがね、私は、父とは少し考え方が違います」

雪哉は無言で先を促した。

「東家は腹黒だとか、何を考えているのか分からないとか、よく言われてしまうのですがね。必要な腹芸と、必要でない腹芸があると思っています。何でもかんでも秘密にすればいいというものではありません。はっきりさせるべきことは、先にはっきりさせておきたいのです」

東家の者らしからぬ物言いを胡乱《うろん》に思っていると、笑みの形にしながらも、どこか鋭い眼差しをこちらに寄越した。

「ずばりお聞きしたい。金烏陛下は、紫苑の宮さまをどこまで本気で次の日嗣の御子にとお考えなのでしょうか?」

素直に驚いた。本当に真正面からきた。

「どこまで本気、とは?」

「皇后陛下はお子が出来にくいご体質と伺いました。側室を迎えるお考えはないのでしょうか」

「随分と穿《うが》ったことをお訊きになるのですね」

「無礼は百も承知です。ですが、ここでなければもう伺えないでしょう」

「私の立場からそれを申し上げるのは……」

「公式な場ではありません。あなたの目にどう見えていらっしゃるかだけでもお聞きしておきたい」

あくまで個人の意見として、と念を押され、ここで固辞していては話が進まないと判断した。

「今のところは」

「……では、本気であの姫宮殿下を金烏に据えるおつもりなのですね」

静かな声、静かな眼差しだ。感情が窺えず、雪哉は自分から踏み込むことにした。

「閣下は、女金烏には反対ですか」

のらりくらりと躱《かわ》されるかと思ったが、返答は意外にもまっとうだった。

「正直なところ、私は不都合を感じませぬ。宗家が宗家としての役割を果たしてくれさえすればそれでいい」

問題なのは体制を保てるかどうかですから、とざっくばらんに言う。

「不敬極まりないのは承知の上で申し上げますが、周囲がしっかりと責務を果たすのであれば、金烏の中身はあまり関係ないのではないかとすら考えています。それで右往左往することこそ馬鹿らしいですよ」

そこで雪哉が思い出したのは、先代の東家当主のことだった。

奈月彦と長束が日嗣の御子の座を争った時、東家は徹底して日和見《ひよりみ》を決め込んだ。どちらが勝ったとしても大損をしないようにという考えからだ。自分と父親は違うといいつつも、青嗣も同じ考え方をしている。違うと言えば、先代の腹はもっと読みにくかった。いつもうっすら笑顔で、表情を変えなかった。それに比べると、息子のほうはいくらか表情が豊かだ。

「即位前はうつけと危ぶまれた陛下も、実際に即位してみればお役目を真摯《しんし》に果たしておられる。個人の資質など、なってみないことにはどうにも分からないものですよ」

あまり自分勝手な暴君なら話は別だが、そうでない限り誰が即位しようが関係ないのだと、随分とあけすけに言う。

「ただ、まあ、朝廷の古株は頭の固い連中ばかりですからね。本質的な問題とは関係のないところで、足を引っ張る者はいるかもしれません。女金烏、私自身は悪くない案だと考えています。姫宮はたいそうお可愛らしいですしね。お仕えするなら、可愛いほうがいい」

冗談めかして言われてしまうと、どこまで本気なのかよく分からない。

「女金烏の即位。東家としては、賛成しても良いですよ」

雪哉の逡巡《しゅんじゅん》を見透かすようにはっきりと言われて、しばし無言となる。

四家は宗家と血の繋がりが濃い。

降嫁《こうか》や臣籍降下《しんせきこうか》で四家に与《くみ》された宗家の子女は多く、さかのぼれば四家と名のつく者は全員が初代金烏の血筋である。いわば、当代金烏との血の近さよりも、周囲からの眼差しが重視されるのだ。

東家が表立って紫苑の宮の即位に賛成してくれるのであれば、心強いのは間違いない。

しかし同時に懸念もある。

「……どうして、今そのような意思表示を？」

東家らしくもない、という違和感があった。

東家は最後まで去就を決しないという立場を貫いていたはずである。若き日の金烏は、味方に引き入れたほうが危ういとさえ考えていたほどだ。ただの無策であるはずがないと思った。

青嗣は困ったように笑う。

「私は、先代の残してくれたものは最大限活用させてもらうつもりではいますが、同じことをするつもりはさらさらありませんよ。今の時代に合わないと思っております」

「時代」

「ええ。何せ——山内の崩壊が近い」

堅実な手で後出しをしていてはこれまで通りに家を守れない、と言って青嗣は月を見上げる。

「四家の負担が大きくなっているのはご存じでしょう。東家も、かつてないほどたくさんの資材と人手を使っています」

「青嗣殿は、それにご不満が？」

「まさか！」

慌てたように言って、青嗣は袖を振る。

「山内を守るために、それ自体は必要なことと理解しています」

だが、安定した統治が見込めなくなってしまったのは事実でしょう、と釘を刺してくる。

「私は東家当主であり、東領の領主です。家の者と領民を守らねばならない。これまでのように、悠長に様子見をしていては、いずれ手遅れになる」

四家はお互いに均衡を保っているようで、利権争いに余念がない。それは、一致団結して山内の危機にあたらなければならない今でも続いている部分がある。

これまで、東家が最後まで様子見をしていたのは負けられないからだ。動かないほうが不利だと感じれば、私はいくらでも動きますよ、と青嗣はどこか酷薄に笑う。

「ここで四家から日嗣の御子を選んでごらんなさい。厄介なことになるのは目に見えています。小競り合いをしている暇はないのです。陛下に新たなお子が生まれないのであれば、ここは姫宮殿下に気張って頂かなければ」

雪哉は無言で酒を飲む。

言っていることは分かる。だが――この妙な気持ち悪さは何だ。どうしても、信用出来ない。それを素直に飲み込むには、あまりに今までの東家が東家だった。

「すぐには信用して頂かずとも結構です。ですが、私は言うべきことはちゃんと言いましたよ」

青嗣は機嫌を害した風でもなくさらりと告げる。

「……雪哉殿が、本当に守りたいと考えるものは、何ですか？」

姫宮の安寧か、山内の安寧かと問われて、雪哉は横目で青嗣を見た。

「それを聞くことに、何の意味があるのでしょう」

青嗣もこちらを見ていた。今までにない、真剣な眼をしている。

「大事な話です。私は腹のうちを見せました。あなたのお考えをお聞かせ願いたい」

「姫宮を守ることこそが、山内の安寧を保つことにつながると考えています」

「なるほど？」

青嗣は、ふとおかしそうに片方の眉を吊り上げた。

「姫の資質には興味はないと言ったばかりではありますが……実際、姫宮殿下はどのようなお方なのです？」

「とても賢く、お優しく、思いやり深い方です。それに、いつも一生懸命でいらっしゃる」

「よい主君になりそうですか？」

「ええ」

「姫宮が女金烏となるならば、あなたが間違いなく後ろにつく？」

試すような口調に、こいつはそれを聞きたかったのだな、と得心した。

「そのつもりです」

「では、私は間違いなく、女金烏の統治に不安は覚えません。何より、あなたを敵に回したくはない」

肩の力が抜けたように言って、青嗣は杯を床に置いた。

「信じてもらえないかもしれませんが、私はあなたを気に入っているのです。恐れながら、自分と少し似ているように感じておりましてね」

しみじみとこちらを眺めながら言われて、雪哉は居心地が悪いどころの話ではなかった。

「光栄ですが、そうでしょうか」

「ええ。良くも悪くもね」

そう返した青嗣の顔を見て「うさんくさい笑顔だな」と思った瞬間、確かに自分達は似ているのかもしれない、と思った。

「まあ、雪哉殿なら分かって頂けると勝手に思っているのですが、こういう政治の仕方をしていると、胸襟《きょうきん》の開ける友人はあまり出来ない」

外面のよい男にしては珍しい本音に聞こえた。

苦り切った、ともいえる苦笑は、あながちうさんくさいとは言えなかった。

「あなたもそうなのでは？」

面白がるように言われて、渋々答えを返す。

「まあ、確かに。いなかったわけではありませんが」

「お亡くなりになった、山内衆の茂丸《しげまる》殿？」

一瞬、言葉が出なかった。

ご立派な方だったと伺っています。心からお悔やみ申し上げる、と神妙に言われ、無理やり口を開く。

「彼もそれを聞いたら喜ぶでしょうね」

だがそれは、額面通りに受け取ってもらうには、あまりに平坦な口調だった。

青嗣もそれに気付いたのか、少し、しまったという顔をした。

「……出過ぎたことを申し上げました」

申し訳ない、と即座に謝られて、無言で首を横に振る。

「過去の大戦では、死ぬべきでない八咫烏がたくさんいた。その犠牲によって、今の山内はあると、私は考えています。この美しい山内を守るためにすべきことは、何でもするつもりです。その願いが共通している限り、我々はきっとよい協力関係を築けるでしょう。友人は高望みだとしても、利用しあう形でもね」

忠誠やら名誉やらではなく、明確な利益で動くなら、確かに分かりやすかった。

「――そうですね」

女房が再び酒を注いだ杯に口を付ける。

「私も、山内の平穏を何より祈っております」

まっすぐに見つめあい、青嗣はやや疲れたように息を吐いた。

「どうか、金烏陛下にもそのようにお伝え下さい。折を見て態度を表明しますが、今のところ、東家当主はそのような心持ちでおります、と」

「確かに承りました」

「こうしてお話し出来て良かった」

あらかたの話は済んだ。姫宮殿下が待っているのでお暇《いとま》を、と言いかけた時、それを押し留めて青嗣は言う。

「実は、私の他に、あなたに会いたがっている人がいるのです」

個人的にね、と言われて、思わず怪訝《けげん》な顔をしてしまう。

青嗣がしたり顔で手を叩くと、柱の陰から、一人の下女がおずおずと姿を現した。まさか色仕掛けかと危ぶんだが、その顔には見覚えがあった。

「私のこと、覚えていらっしゃる？」

「小梅《こうめ》さん――？」

呆気に取られて声を上げる。

そこに立っていたのは、少なからぬ縁がありながら、行方知れずとなっていた女であった。

気を利かせた青嗣から散歩を勧められ、雪哉は小梅と共に南庭へと出た。すっかり日は暮れていたが、温まった空気と月明りのおかげで、足元は明るい。

この庭は白い花が多く、どれも今が花盛りだった。

燃え盛る炎のような白躑躅の群生の中を、ぽつぽつと言葉を交わしながらそぞろ歩く。

雪哉が小梅と会ったのは、もう十五年も前だ。

山内が猿の侵攻を受けた、最初の事件で互いを知ることになった。

雪哉の故郷である垂氷郷《たるひごう》、その辺境の村が猿に襲われ、村人が皆殺しになった中、唯一生きていたのがこの小梅だったのである。

小梅の両親は八咫烏の一族を裏切り、猿の侵入の手引きをした大罪人だ。

結果として、父親はならず者連中によって生皮を剝がされ、中央門の橋に死体を吊るされた。猿を引き込んだ張本人である母親は捕縛《ほばく》の際に抵抗し、当時若宮だった金烏を包丁で刺すというこれ以上ない罪の重ね方をした挙句、斬首となっていた。

財産を没収された小梅は、かろうじて足を縛《しば》られて馬にされることだけは免れたが、身一つで放り出されることになったのだ。

「その節は、皆さまのもとから逃げるような真似をして、申し訳ございませんでした」

深々と頭を下げた後、小梅はあれからどうしていたのかを雪哉に語って聞かせた。

「路頭に迷っていたところ、本当に運が良いことに、東家系列の貴族の方に拾って頂き、下働きをさせて頂けるようになったのです。あなたにお会いすることはもうないだろうと思っていたので、こうして一目お会い出来ただけでも嬉しく思います」

どうしても一言お礼と、謝罪がしたくて、と。

「あの頃は、色々ご迷惑をおかけしました」

話す間、小梅はまともに雪哉の顔を見ようとはしなかった。今日何度目かに頭を下げた拍子に雪柳に袖が触れ、さらさらと雪のように花びらが散っていく。

雪哉は、意識して落ち着いた声を出した。

「私も心配していました。どうして、姿を消すような真似をしたんです？　お声がけ下さればよかったのに」

当時は若宮の手当で精いっぱいで、雪哉はそれどころではなかった。小梅は放置され、後になって北領の官人の手を借りて行方を探したが、どうしても見つからなかったのだ。

「……そこまで厚顔無恥《こうがんむち》じゃありません」

母があんなことをしでかして、と、小梅は泣きそうな顔を上げた。

仔猫のような風情だった少女は、今は淑《しと》やかな美人になっていた。眦《まなじり》がちょっとつり上がっているのは昔のままだ。

「母は、若宮殿下を刺したのです。本当に、もう、信じられないほどの大罪です。私、もう、皆さまに合わせる顔がなくて……」

小梅のほうは、東領に身を寄せた後も、とんでもない不義理をしてしまったとずっと後悔していたのだと言う。

「特に、垂氷の奥方さまには大変なご恩がありましたのに。お方さまは、お変わりなくいらっしゃいますでしょうか？」

「ええ、おかげさまで」

当時、猿との関与を疑う雪哉を窘《たしな》め、小梅にことのほか気を遣っていたのは雪哉の母である梓《あずさ》だった。

「とにかく、お元気そうで何よりです。母はあれ以来、随分あなたのことを心配していたのですよ」

「本当に……？」

「ええ」

「では、いつか、お方さまに会いに伺ってもよろしいでしょうか」

恐る恐る尋ねられ、あながち嘘ではない笑みが漏れた。

「是非いらして下さい。きっと、母も喜びます」

ほっとしたように微笑み、ありがとうございます、と小梅は再び勢いよく頭を下げた。

「実は、東領での働きが認められて、土地勘もあるということで、今度から中央の東家朝宅《ちょうたく》で働かせて頂くのです」

青嗣さまと今後交流があるなら、顔を合わせる機会があるかもしれません、などと言う。

「私なんかに、何が出来るかは分かりません。でも、山内のためにお力を尽くされている東家の皆様に仕えることで、間接的にでも、山内と一族に対する罪滅ぼしになるのではないかと考えています」

父母の罪はこの身で償《つぐな》っていくつもりです、と、そう語る小梅は昔の生意気な少女から、すっかり落ち着いた大人の女性に成長していた。

お互い年を取ったのだなあと、雪哉はしみじみと来し方を思ったのだった。


寺に戻った時、すっかり日は暮れてしまっていた。

馬を庭に置いたままにして急いで姫宮のもとに向かえば、すでに室内の灯りは落ちていた。

しかし姫宮は起きており、月明りの照らす濡れ縁に座り、凛としたたたずまいで雪哉を待っていたのだった。

「姫さま」

慌てて庭からやって来た雪哉を見て、姫宮は微笑んだ。

「おかえりなさいませ」

「遅くなってしまいすみません！」

いいえ、と恨み言ひとつ漏らさない少女の姿に、痛いほどの後悔が襲う。

もっと早く帰ってくればよかった、と。

姫宮の背後の布団には茜が眠り、そこに寄り添うようにして菊野がうたたねをしていた。

周囲には土産《みやげ》とおぼしき物が散らばっている。仲間からの報告で、茜と菊野は祭りに出て、青嗣と話せたことは収穫ではあったが、それ以上に姫宮に対する申し訳なさと情けなさが勝った。

姫宮だけがここで雪哉の帰りを待っていたと聞いていた。

羽母子がたくさんの土産を持って帰宅した姿を、彼女は一体どんな思いで見ていたのだろう。

「申し訳ありません……」

繰り返すも、姫宮は首を横に振る。

「雪さんのお役目ですもの」

わずかに寂しそうに苦笑されて、その健気さに、ガツンと思い切り頭を殴られたような心地がした。

唐突に――このままでは駄目だ、と思った。

「姫さま」

気が付けば口走っていた。

「良かったら、私と一緒に夜桜を見に行きませんか？」

姫宮はぽかんと口を開けた。

「これから……？」

「これからです」

「雪さんと？」

「ええ」

本来だったらあり得ない話だ。

だが、このままお休み下さいなどとは、どうしても言えなかった。

お忍びで向かう先として、当てもあった。

先日、警備の下見を行った際に、見事な古木が山中にあるのを見つけていたのだ。

参道からかなり外れた位置にある、山桜と見られる大木だ。

昼間は鳥形《ちょうけい》になれば行ける場所だが、転身《てんしん》が出来なくなる日暮れ以降の帰りは困難に思われた。おそらく、今の時分はその周辺には誰もいないだろう。

今はどこもかしこも花が咲いている。馬を持っている階級の者が、わざわざあんな場所に出向くとも思えなかった。

それが目に入った瞬間、穴場だろうな、と思ったのだ。

その時は姫宮を連れて行こうなどとはちらとも考えていなかった。

万が一のことがあって襲われでもしたら取り返しがつかない。常の自分だったら絶対にやらないだろうし、同じことをやった部下がいたとしたら、厳しく叱責するだろう。

でも、今を逃したら、こんな機会はもう一生ない。

「参ります！」

姫宮は顔を輝かせて立ち上がった。

「お忍びですね」

「ええ、お忍びです」

それも、本気のお忍びだ。

「お父上が得意だった脱走ですよ。さんざんご本人がやったことです。咎《とが》められる筋合いはないでしょう」

無茶苦茶な理論だが、言っているうちに規律などどうでもよくなってしまった。

布団には、人が寝ているような形に整えた荷物を突っ込んだ。

若宮だった頃、金烏がよくやっていた手口である。まさかその娘に自分が教えることになるとは思いもしていなかったが、何故だかちょっと興奮していた。

責任のない近習時代だって、こんな軽挙はしなかった。

自分と似ている男に、少年時代にひと悶着《もんちゃく》あった女。そして、端然と座り自分を待つ少女。

今日は、普段思いもしないようなことがたくさんあった。

何がきっかけになったか分からないが、完全に、宮仕えとは無縁だった頃の、悪ガキにでも戻ってしまったような気分だった。

寒くないよう、姫宮の体を掻《か》い巻《ま》きにくるんで抱き上げ、外に出る。

警護の山内衆の死角を通りながら声をかけた。

「姫宮は眠ってしまわれたので、静かに見張りを頼む。私もすぐに戻る」

了解、と小声の返事を聴きながら、早足でその場を通り過ぎる。

抱っこした姫宮が、笑いを必死にこらえるのが分かった。

見つかったら大問題だとか、万が一のことがあったらとか、自分の中の大人がギャアギャア叫ぶのを感じたが、完全に無視してかかった。

最悪の場合、太刀を返上させられるかもしれないが、構うものか。自分が今、望まずして替えの利かない立場に追いやられているのは分かっている。やれるものならやってみろと捨《す》て鉢《ばち》に思い、若宮だった時代の主君も、もしかしたら同じような気持ちだったのかもしれない、と今更のように思い至った。

先ほど乗り捨てたままだった馬のもとへと向かう。

見慣れない少女の姿に首を傾げた馬に向かって、姫宮は丁寧に頭を下げた。

「どうぞよろしくお願いいたします」

馬相手に律儀なことだ、と微笑ましい気持ちになる。

雪哉の馬はよく馴《な》らされた駿馬である。姫宮を前にしても慌てず、乗りやすいように身をかがめたので、馬具を調節し、先に姫宮を座らせてから、その後ろに飛び乗った。

「姫さま、馬に乗ったことは？」

「何度かクロに乗せてもらいました」

クロは今上金烏が若宮だった頃の愛馬だ。かつては暴れ馬で若宮以外に乗せようとしなかったのだが、年を取った今では随分丸くなったと見えて、紫苑寺で薬草畑を耕す際に体を貸してやったりもするらしい。

特に姫宮はお気に入りのようだ。

近習だった頃、随分と手を焼かされた身からすると少し恨めしくもある。今でもクロは雪哉を見ると嘴《くちばし》をカチカチ鳴らす。

「しっかり摑まって。さあ、行きますよ！」

姫宮を抱え込むようにして飛び立つ。

花の香とぬくんだ空気に反し、吹き付ける風は甘く冷たい。

切るような風をものともせず、姫宮は大きな目を一杯に見開いて下を見ている。

山の麓ではあちこちでかがり火がたかれ、その周辺が異様に赤く見えたのを不審に思えば、躑躅の花が咲き乱れているのだと分かった。

軽快な音楽が絶えず流れ、さまざまな仮装をした人々が歌い、踊っている。

やはり、今日の月は特別大きい。

季節柄、朧にかすむかと思えば、妙に冴え冴えとしており、山が月光を浴びて雪山のように輝いて見えるほどであった。

春だけれども、痛いほどに月光の冴える夜である。

雪哉の記憶通りに、山の中腹に目指す桜があった。瑠璃色の闇の中、月光を浴びて白く光っている。

近付いてよく見れば、木の根元付近には開けた空間があった。最悪、空からしか見えないかと思ったが、これなら着陸出来そうだ。

手綱《たづな》から雪哉の意図を理解した馬は、ちゃんと指示した場所に向かっていった。

降下の最中、翼の先が枝をかすめ、花びらが豪奢に舞い狂う。地面に音もなく下りた時には、花びらはふんだんに頭上から降り注いだ。

「うわあ」

普段大人びている姫宮が、まるっきり子どもらしい声を出す。

「ねえ見て、雪さん。ほら、花びらがあんなにきらきらしてる！」

舞い落ちる花びらが月光を弾いて、硝子片《ガラスへん》のように光って見えた。

花びらを捕まえようと小さな手をいっぱいに伸ばすが、その指先をするりと抜け落ちていく。

代わりにひとひら捕まえて手渡してやると、宝物を貰ったかのようにそっと両手で包みこんだ。

姫宮を抱き上げて馬から下ろしたが、肌寒く、ごつごつとした根の張る足元も悪い。

転ばないよう、姫宮と手をつないで、古木の周辺をゆっくりと歩くことにした。

本当に月の明るい夜は、空間が緑に染まって見える。昼間のように明るい夜に、木々の影が濃く落ちていた。

さわりとゆるやかに桜の枝を揺らす風の中には、百花の香が溶けている。口に含めば本当に空気は蜜の味が感じられた。

そういえば、生花で出来た土産を欲しがっていたと今更のように思い出し、桜の近くで咲いていた躑躅の花を摘んで耳にはさんでやる。

その時に指先が触れた小さな耳朶《じだ》は冷たかった。

「ありがとう、雪さん」

弾けるような笑顔を見て、ふと、寂しい思いをさせている、という感慨が胸に迫った。

だが、出過ぎたことだと慌てて思い直す。たかが護衛の一人がろくに会えないからと言って姫宮が寂しがるなんて、とんだ思い上がりもいいところだ。

紫苑の宮を慕う臣下は、大勢いるのだ。

その大勢のうちの一人として、雪哉は、ただ、この幼い女の子が幸せになってくれることを心より願っていた。

この娘の将来を思うと、いつも暗澹《あんたん》とした気持ちになる。これからの山内の未来は暗いのだ。彼女の存在に新しい時代の息吹を感じる一方で、どうしてこんな時代に生まれてきてしまったんだ、と恨みたくなるような思いすらある。

この心優しい少女は、きっといつか、絢爛《けんらん》な絹の衣に押しつぶされてしまうだろう。紫苑寺にて簡素な衣を着て、薬草を摘む姿を見る度に、どうして彼女はただの村娘ではいられないのかと歯痒《はがゆ》さを感じてしまう。

　こんな風にのどかで豊かな村で、真面目な男の妻となり、たくさんの子を産み育て、穏やかに年をとって布団の上で死んで欲しい。

　女金烏の人生など、その対極にあるではないか。

「姫宮さま」

　つい、今まで言うまいと思っていた言葉が口からこぼれ出た。

「姫さまは、金烏になれと言われて、恐ろしくはありませんか」

「いいえ」

　姫宮の答えは明瞭だった。

「お父さまも、お母さまも雪さんも……みんながいるもの。わたくしは平気です」

　にこっと屈託なく笑われて、無性に泣きたくなる。

　どうしてこんなに慕ってくれるのか分からないけれど、彼女は真摯で、けなげだった。

　この娘の幸せのためならば、出来る限りのことをしてやりたかった。

「素敵な夜をありがとう、雪さん」

　ここに来られて良かった、と姫宮は心底から嬉しそうに言う。

「私こそ、姫さまにお礼を申し上げます。素敵な夜桜を、ありがとうございました」

　姫宮がいなかったら、絶対にひとりで来ようなどとは思わなかったのは間違いない。

「また来年も、一緒に来られたらいいな」

無邪気に言われて、ふと、言うなら今しかないと思った。

「実は、姫さまにご報告がございます」

一心に桜を見上げていた姫宮が、こちらを振り返る。

月光に、瞳がつやつやと光っていた。

「――近く、外界に行くことが決まりました」

姫宮の笑顔が消える。

「長い未来を見据えた時、私が直接それを目にすることは大きな糧《かて》になるはずだと、陛下はおっしゃいました」

姫宮の笑顔は消えたが、しかし、悲しい顔も見せなかった。じっと雪哉を見て、冷静に返す。

「長く、お留守になるのですね？」

「まだ分かりません。ですが、今までのようにまかり越すことは出来なくなるでしょう」

姫宮は微笑んだ。

先ほどまでとは違う、無邪気な少女ではなく、内親王としての顔で。

「名誉なお役目です。よくよく励まれませ」

「ははっ」

咄嗟《とっさ》に、深く頭を下げた。

「……でも、本当はちょっと寂しい」

ちょっとだけね、と言われ、顔を上げる。

今の姫宮は、間違いなく、しょんぼりしていた。それをごまかすように、無理やり笑った顔がひたすらに愛しく、つい、叫んでいた。

「いいえ、殿下。ちょっとではありません」

姫宮がきょとんと目を瞬く。

「少なくとも私は、とっても寂しいですよ」

雪哉が何を言ったのかを理解した姫宮は、破顔した。

顔を見合わせ、やわらかな春の夜の中、しばらく二人は笑いあったのだった。

第二章　その夜

東領から中央に戻った後、雪哉《ゆきや》が外界に出るための引継ぎは本格化した。

千早《ちはや》が外界から戻り、言葉や習慣なども一対一で教わるようになったのだ。

「名前はどうするつもりだ」

千早に言われ、雪哉は初めて外界での名前が必要なのだと気付かされた。山内《やまうち》では出身地か、あるいは貴族として「家」の名称が名乗りに用いられるが、外では明確に戸籍上の所属を示す氏姓も加えなければならないらしい。

「北家の雪哉というわけにはいかないか。お前はどうしていた？」

「山中《やまなか》千早と名乗っていた」

「そのままだな」

「『千早』は外界でもあり得ない名前ではない。女に多いらしいが」

「雪哉という名はそのままでも使えるのだろうか」

「似たような名前は見た覚えがある。天狗《てんぐ》に確認すればいい」

とりあえず自分も山中雪哉でいこうと考えていたのだが、その後、将来的に多くの者が外界に出ることを見据え、山内における出身を明らかにする名を使ったほうがいいのではという守《しゅ》礼省《れいしょう》からの通達を受けた。

「四家の所属を示す姓名をこちらで考えました。天狗に確認を取って不自然でなければ、北山《きたやま》雪哉と名乗られるのはいかがでしょう？」

「北山――」

「何か不都合でも？」

怪訝《けげん》な顔を向けられ、首を振る。

「いや。それで構わない」

担当官から打診されて、もはや自分が北本家の宮烏《みやがらす》であることが自明の事実になっていることを今更のように思い知らされた気がした。

北本家の出身を名乗っているが、雪哉はもともと地家《じけ》と呼ばれる垂氷郷《たるひごう》の地方貴族の出身である。

近習《きんじゅう》の時分であったら、「垂氷」では駄目なのかと食ってかかっていたかもしれない。

母親の血を利用することに躊躇《ためら》いがなくなって、もう何年が経つだろう。

もはや朝廷《ちょうてい》において、自分が地方貴族の出身であると心得ている者はほとんどいないだろうと思えば、なんとも乾いた笑いが漏れた。

緊急時、全軍参謀を務める後任が決まり、宗家《そうけ》の護衛の責任者は千早へと引き継がれた。

「生活で困ったことがあっても、天狗が何とかするだろう」

　適当な言葉が、千早から与えられた最後の助言であった。

　考えられる限りの支度を整えた後、とうとう、雪哉が外界に出立する日がやって来たのだった。

「行って参ります」

「うん」

　宮廷の最奥部、御座所において挨拶をした雪哉に、金烏《きんう》は真顔で頷いてみせた。

「そなたが戻って来たら、相談したいことがある」

　改まった調子でそう言われ、雪哉は顔をしかめた。

「大事な用件なら、今ここでお聞かせ願いたいのですが……」

「いや。お前が外界を見て、まず、何を思うのかを知りたいから」

　先入観なく行っておいで、と。そう語る金烏の眼差しは真剣そのものだった。

　そうまで言われては仕方ない。

「かしこまりました」

「そなたの知見はきっと得難いものとなるだろう」

　頼んだぞ、と金烏は雪哉の肩を気安く叩いたのだった。

「分かっているだろうが、健康には気を付けろよ」

　紫宸殿から外へ出る際、明留《あける》から「体を壊しては何も出来ないからな」と言われ、「お前は俺の母親か」と思わず笑ってしまった。

「後は任せたぞ」

「任された。余計な心配などせずに行ってこい」

明留に見送られて宮中を辞した後、馬に乗って外界へとつながる朱雀門《すざくもん》へと向かう。

朱雀門は、外界との交易の場である。

赤く塗られた門の向こうには洞穴《どうけつ》があり、機械仕掛けの車によって荷や人を運ぶようになっている。

前日までに各所に挨拶は済ませていたはずなのだが、そこには担当官に混じり、非番であったはずの後輩が一人待ち構えていた。

「参謀の遊学の成功をお祈りしております」

そう恭《うやうや》しくこちらを呼ぶのは、山内衆《やまうちしゅう》の治真《はるま》である。

勁草院《けいそういん》の院生だった頃から雪哉の舎弟と他称されていた彼は、山内衆になった今も、雪哉の舎弟を自称して憚《はばか》らなかった。

名目上、山内衆の中に序列は存在しないはずなのだが、現在でも当時の上下関係が色濃く続いている節がある。

顔立ちだけ見ると気弱な好青年ふうであるのに、妙に頑固なところがあるのだった。

「そういえば、お前も次の遊学候補者なのだったな」

「そのようなお話もあるようですが、実際、どうなのでしょうね」

山内衆としてはひょろりとした体格をしているし、剣の腕もそれほど立つとは言い難いのだが、その代わりのように物覚えがよく、頭の切れる男なのである。

「場合によっては、私から推薦しておこう」

「身に余る光栄ですが、まずは参謀に無事に帰って来て頂きませんと」

どうか気を付けていってらっしゃいませ、と真剣な顔で見送られ、雪哉は外界へつながる門へと向かった。

外に出るために使われる機械仕掛けの車の前には、既に天狗側の使者が立っていた。

その体は小さく、黒い嘴《くちばし》の生えたお面を被っている。

遊学の面倒を見ると豪語する大天狗《おおてんぐ》の手下、烏天狗《からすてんぐ》である。

「お世話になります。北山雪哉と申します。何卒よろしくお願いします」

千早に教わった通りに外界語で挨拶をすれば、「これはこれは、ご丁寧に」と御内詞《みうちことば》で返された。

「こちらこそよろしくお願いします。わたくし、外界での名を原《はら》と申します」

「原サン？　原ドノ？」

「原さんで結構ですよ」

朗らかに言ってから、さっそく車に乗るように促される。

車と言っても、鉄で出来た車輪の上に簡単に椅子が備え付けてあるような簡素なものだ。

いつもは人と物の出入りの多い場所であるが、今日は山内から外界に八咫烏《やたがらす》が出る数少ない例ということで、物の流れが一時的に止まっている。外交を担当する守礼省の者は少し緊張した面持ちで、治真は何故か涙ぐんで雪哉の出立を見送ったのだった。

原が車の後ろの機械を操作すると、やかましい音を立てて、車が勝手に動き出した。

暗い洞穴に入り、ごうっと耳元で風が唸《うな》る。

山神《やまがみ》に仕えていた頃から千早は何度か山内と外界を行き来していたが、雪哉がこの門を越えるのは初めてのことだ。

外界からの風は、少し嫌な匂いがする。

山内の水の香とは縁遠い、鉄の匂い――結界《けっかい》の綻《ほころ》びで、感じる匂いだ。

若宮《わかみや》だった金烏に忠誠を誓ったかつての夜を思い出す。

当時、雪哉は「金烏」をただの称号としか考えていなかった。何度も、彼が「真の金烏」であると聞かされても、ただ兄宮から日嗣《ひつぎ》の御子《みこ》の座を奪い取るための方便だとしか考えていなかったのだ。

今から思えば、愚かな勘違いもあったものだ。

「真の金烏」と、その不在時に代わりを担う「金烏代《きんうだい》」では、天と地ほどに存在の意義は異なる。「真の金烏」は山内を救うために存在し、そのための特別な力を持ってこの世に生まれ出たのだ。雪哉の主君の場合は、当時綻びつつあった山内を守る結界を繕《つくろ》う能力が、その最たるものであると言えよう。

そして金烏は、「真の金烏」の力を見せるために、雪哉をわざわざ結界の綻びまで連れて行ったのだった。

今でもよく覚えている。

結界の破綻した場所からは、外界の灯りが見えていた。

不知火《しらぬい》と呼ばれるその光景は、星が地に落ちてしまったかのようで、不気味なことこの上なかった。

あんなものに故郷が飲み込まれてはたまらないと思ったが――あの不知火の光の中に、これから自分は飛び込んで行く。


暗い洞穴から出た後、すぐに湖畔の家に通された。

羽衣《うえ》は外界に出ると徐々に消えてしまうというので、そうなる前に外界の着物に着替える必要があったのだ。柔らかく伸縮性のある外界の衣に着替えてから連れて行かれたのは、大天狗の書斎であった。

そこには、山内では見たこともない、おかしなものがいっぱいあった。

天井には勝手にぐるぐる回る風車のようなものがぶら下がっており、壁際には極彩色の魚がひらひらと泳いでいる。

「やあ、よく来たね」

御内詞でそう言い、奥の机から立ち上がって近寄ってきたのは、丸い銀縁の眼鏡をかけた、明るい色の髪をした男だった。

「私が大天狗の潤天《じゅんてん》だ。外界での名を谷村潤《たにむらまさる》という」

大天狗は外界と山内をつなぐ生命線である。

外界から見た山内については、ある意味、金烏よりもよく分かっているかもしれない。

原にしたのと同じ挨拶を丁重に行うと、大天狗は満足げに笑って「よろしくね」と言い、革張りとおぼしき長椅子へ座るようにと促してきた。

「お掛けよ。山から出る前に、ちょっとお兄さんとお話ししよう」

跳ねるような座り心地の長椅子に腰掛けると、原が冷えた茶を出してきた。

天狗の所作に倣《なら》って口を付けると、これまで感じたことのない、すうっと鼻に抜ける香りがした。

「ハーブティーだよ。気に入ったかな?」

この年になると健康にも気を付けないといけなくてね、と、そう言う大天狗は自分と同じか、それよりも若く見える。

さて、と呟き、大天狗は茶器を卓上に置いた。

「既に千早から話は行っていると思うが、改めて、君が外界ですべきことを確認しておきたい」

君はどう考えている、と訊かれ、雪哉は即座に答えた。

「まずは外界から、山内存続のための策を模索しなければなりません」

崩壊が避けられる手立てがあるならば、それに越したことはないからだ。

「その次に考えなければならないのは、山内が崩壊した時に民を助ける手立てです」

民を救うと言っても、崩壊した山内を外界から支援するか、山内から外界に民を移住させるかでは、意味合いが全く異なる。

どのような形で崩壊が起こるのか分からない以上、最悪を想定しておく必要があった。

「考えるべきことは山のようにありますが、順番としてはそのように考えております」

なるほど、おおむね賛成だ、と大天狗は頷く。

「最初に言っておこうか。確かに山内は、猿の策によって滅びの淵に立たされている。だが、存続の希望はあると私は思っている」

雪哉は覚えず姿勢を正した。

大天狗は眼鏡越しに雪哉を見る。

「猿の思惑通りにことが進んでいるならば、とっくに山内は滅んでいてもおかしくはないんだ。古い山神が倒されて、山神の荘園としての山内の存在価値がなくなってしまった時点でね」

だが、そうはならなかった、と大天狗は厳かに告げる。

「猿にとって予想外なことに、旧山神を倒して新しい山神となった英雄《えいゆう》が、旧山神の形質を継承したからだ」

その点は玉依姫《たまよりひめ》に感謝だね、と大天狗はどこか寂しそうな笑みを浮かべた。

「旧山神に仕えた巫女《みこ》が彼についたことで、新山神の性質は、限りなく旧山神に近付いたとも言える」

それによって、山内には再び存在価値が見出された。

「つまり、今の山神が死んだ後、これまで通り生まれ直しの儀式を行うことさえ出来れば――山内は存続する」

雪哉と大天狗の目が合う。

そこまでは、外界から戻った千早の口から聞いていた話だ。驚きはしなかったが、それでも緊張は走った。

「これまで通り。それこそが問題だ」

大天狗は淡々と続ける。

「今の山神と玉依姫は、八咫烏の一族と交流しようとしていない。当然、我々天狗の一族ともね」

山内の状態を見るに存在しているのは確かだが、こちらからどんなに呼びかけても返答しなくなってしまったという現状がある。

「彼らが何を考えているのかは分からない。ここまで交流を断っているということは、儀式をしたとしても降りてくるつもりがないのかもしれない」

だが、諦めるのはまだ早い。

「彼らには感情があるからね。感情があれば気まぐれも起こす。人間側に儀式を行う準備があると分かれば、それに応じる可能性は皆無ではない。まあ、何にしろ、儀式を絶やすわけにはいかないというのが一番だ」

しかし、あの村にはもう人がいなかった。

儀式を行う人間が、どこにも存在しないのだ。

「ひとまず、売りに出された旧山内村《さんだいむら》の土地は私が押さえて、さらに買い手を募っているのだがね。今のところ、あまり芳《かんば》しい反応はない」

大天狗は大仰に肩を竦《すく》めて見せた。

事前に、外界における「土地の個人所有」という概念はすでに学んでいる。

そこでふと、気になることがあった。

山内を内包している山は、外界において「荒山《あれやま》」と呼ばれている。この家に入る前にちらっと見た荒山は、広大な山内の規模から比べれば「小山」とも言うべきささやかなものだった。

当然、その土地にも所有者がいるはずである。

「荒山は現在、あなたの所有になっているのですか？」

だとすれば、いずれ八咫烏が山を買い戻す必要が出てくると思っての質問だったが、ここで大天狗は若干ばつが悪そうに視線を泳がせた。

「いや、それがね。今の権利者は人間なんだ」

「――――は？」

初耳の内容にぎょっとした。

「まさか、個人の所有になっているのですか？」

そんな大事な事実が、八咫烏側に共有されていなかったことが信じられない。

思わず眉間に皺が寄った雪哉に、大天狗が慌てたように言い訳した。

「いやいや、それが分かったのはつい最近よ。俺が前に確認した時は、そう簡単に購入出来ないような形になっていたわけ。それでもどうにか出来ないかと思って交渉を持ちかけたんだが、売買の対象ではないと突っぱねられてな。まあ、誰に対してもそうなら逆に安全かなーなんて安心していたら……」

「知らない間に、権利者が変わっていたと」

声の低くなった雪哉に、大天狗は「心配いらない」としたり顔で言う。

「今のところ、新しい権利者に荒山を売ってもらえないかと打診中だ。調べたら、そいつは一度荒山を開発しようとして失敗している。あっちからすると、利用しようとしてどうにもならなかった土地を手放したくて仕方ないはずだ」

売買を考えてくれる相手になった分むしろ良かった、などと大天狗はうそぶくが、逆に言えば、それは荒山が開発される可能性が過去にあったということだ。

ぞっとした。

外から、人間によって山に干渉されたら、どうなるか、まだ何も分からないのだ。

天狗に任せきりではいけない。こういった件も自分で対応出来るようにならなければと、雪哉は胸に深く刻み込んだ。

「ひとまず、荒山の交渉はこちらに任せておけ。人間にどうこうされる前に、お兄さんが権利を買っといてあげよう」

「我々が、いずれあなたからその権利を買い取る必要があるということですね」

「その余裕が君らに出来たらそうするのが一番いいだろうね。なあに、ムリシなのだから安いものさ」

　大天狗はにやりと笑い、次いで真顔になる。

「それより問題なのは、儀式を執り行う村の再興だよ。ひとまず、人間に住んでもらわないといけないんだが、こんな山奥に人を呼ぶのは一苦労だ。君には、この山内村に人間を住まわせ、儀式を復活させる方法を考えてもらいたい。私も精いっぱい考えているつもりだがね」

「承知いたしました」

「次に考えなければならないのは、外貨の獲得だ」

　山内を存続させるための施策にも、万が一山内から民を移住させるにしても、莫大な外貨が必要になるのは明らかだ。

「私達は、山内をなるべく存続させたいと思っている。でも、山内に手を貸すことによって、我々に取り返しのつかない不利益がもたらされるようであれば、それ以上は手出し出来ないというこちらの事情も分かって欲しい」

　天狗が山内の存続を望むのは、山内が天狗に利益をもたらすからだ。

　いつまでも天狗におんぶに抱っこというわけにはいかない。

　天狗を薄情者と詰《なじ》れるほど、雪哉の性格は良くなかった。いっそ初めから利害関係をはっきりさせたほうが健全というものである。

「君が外界で学び、答えを出さねばならないのは、山内村存続の方法、そして外貨獲得の方法だ。外貨については、奈月彦《なづきひこ》もこっちにいる間に八咫烏としての力を使って何か出来ないか、色々試していたんだけどね。あまり有効な手段は見つからなかったようだ」

君は、奈月彦にも見つけられなかった外貨獲得の手段を探し出す必要があるわけだ、と大天狗は釘を刺す。

「ただし、我ら天狗の利益をかっさらうような真似はして欲しくない。顔つなぎ程度の協力はするが、それを侵すのならば我々は容赦しない」

「承知しております」

千早から外界の情報がもたらされた時点で、外貨獲得のため、天狗に安価な労働力を提供し、その代わりに一時的に守ってもらうという案はすでに検討されていた。天狗もおそらくはそれを分かっている。お互いにその策を言い出さないのは、もしそれが現実的な案になった時、少しでも交渉を有利に進める必要があるためだ。

千早の報告を信じるならば、外界に山内の八咫烏を全て移住させるのは不可能に近い。一部の移住であったとしても、膨大な労力と資金がいるのは明らかであり、天狗はそれを見越している。

大天狗は笑わずに言う。

「いずれ、天狗の恩に報いること。天狗の利益を侵害しないこと。それが約束出来るならば、我々は君らに惜しみない協力をしよう」

計算高い天狗は、絶対に自分が損をしない道しか歩まない。おためごかしに言ってはいるが、その時が来たら、彼らは決して八咫烏の一族の味方になってはくれないのだ。彼らの不利に働くそぶりを見せれば、その時点で切り捨てられるのは目に見えていた。

答えは最初からひとつしかなかった。

「お約束いたします」

「では、交渉成立だ」

にこっと笑い、大天狗は立ち上がってこちらに手を差し出してきた。

戸惑う雪哉に、「握手だよ」と大天狗が説明する。

「君は外界において、外交官であると同時に、偉大な商人になる必要がある。そのどちらにも、握手は必要だ。双方に敵意がなく、友好的な約束が取り交わされた証だからね」

言われるがままに雪哉も立ち上がり、差し出された手を握り返した。

「よし。では一時、人間として生まれ変わるといい」

大天狗の合図を待っていたかのように、原が近寄ってきた。

原は床に何やら細かい字の書かれた灰色の紙を広げ、その上に置いた椅子に雪哉を座らせる。

取り出されたのは銀色に光る鋏《はさみ》で、雪哉の背中まで伸びていたうねる髪を、容赦なく刈り取っていった。

ジャキジャキと、耳元で鋏が鳴る度にうすら寒い心地がする。

山内において、貴族階級にある者が髪を切ることなど滅多にない。平民だって、よっぽどの無精者か、荒くれ者しか短髪にはしないのだ。出家済みの貴族ですら、見栄えを気にして肩より短くはしない。

原は雪哉の頭を何度も見直し、ようやくこれで良い、と太鼓判を押した。

立ち上がると、足元には驚くほど大量の濃い茶の髪が落ちていた。

鏡を見せられたが、そこには赤ん坊のように短い髪の自分が、なんとも情けない顔をして映っていた。

似合っているじゃないか、とニヤニヤ笑う大天狗が鬱陶《うっとう》しい。

「人間界へようこそ、北山雪哉くん。ここにいる間は、私が君の上司だよ」

大天狗と共に外に出ると、そこではぴかぴかに光る四輪の車が待ち構えていた。

噂に聞く自動車である。

車内は鉄の匂いで胸が悪くなりそうだったが、表情には出さずに乗り込んだ。

原の運転で走り出した車の中から荒山を振り返る。

その山の大きさは中央山に比べると呆れるほどに小さく、なんとも頼りなかった。自分の故郷は、こんな小山の中に納まっているのだ。

自分は何としても、ここを守らなければならない。

天狗に頼らず、山内を救う方法を何とか考え出さなければならないと、決意を新たにしたのだった。

天狗の住処に向かう車内から見える光景も、雪哉にとっては衝撃の連続だった。

最初は山の中を走っていたが、町に向かうにしたがって道が広く大きくなり、すれ違う車や道の両脇の建物もどんどん数を増していった。

家屋は、山内のものと大分異なっている。中には山内と似た形をしたものもあるが、石を掘って作られたように見える巨大建築、小さな赤い石を組んで出来た家や、山内では見たことのない鮮やかな色で塗られたものもあった。

「このあたりはまだ田舎だよ」

いちいちあれは何だ、用途は何だ、と訊ねても、大天狗は嫌な顔をせずに答えてくれた。

「これから高速道路を使って東京へ向かうけど、そしたら町の規模が違うから、びっくりすると思うよ」

東京は知っている。外界の中央であったはずだ。

「コーソクドーロというのは何ですか」

「見ての通り、車って速度が大分出るだろう？　一歩間違えば大事故になっちまうから、速度制限が設けられている」

「なるほど。速度制限が道によって異なるんですね。でも、外界には飛車《とびぐるま》のような機械があると聞きましたけど、どうしてそれを使わないのですか？」

「飛行機のことかな？　あるにはあるけど、飛ばすのが大変なんだ。パイロットを――ええと、機械を操る人っていうか、御者《ぎよしや》？　を育てるのにも、機体を飛ばすのにも費用がかかる」

八咫烏の連中には翼があるが、人間にはないから、と大天狗は愉快そうに笑った。

「君らよりも、空の便とは縁遠いと思ったほうがいい」

「では、さっき見たトラックが、外界の物流を担っている？」

「距離によるな」

飛行機に船舶、鉄道、自動車、バイクと、輸送手段は実に多いという。

「おそらく、君が考えているよりもこの世界は広い。そんで、それぞれの文化を持つさまざまな民族が、土地を分けて生活している。移動距離も山内の比じゃない」

山内を下に見る発言ではないと分かっていても、自分が井の中の蛙《かわず》だと言われているような気がして少しムッとした。

だが、実際に東京に入ってみると、確かに自分は井の中の蛙だったと認めざるを得なくなった。

平野を埋める『ビル』の一群を見た時は、くらくらした。

山内の朝廷も大きいが、あれは山の中に作られたものだ。

ここでは、巨大な寺院の塔よりもはるかに大きな建物それ自体が、まるで山のように聳《そび》え立っているのだ。

しかも、整備された道を行く人の多さも並ではない。

この都市にいる人間だけで、北領の人口よりも多いかもしれないと思った。

そうして連れて来られた大天狗の家は、『タワーマンション』の一区画だった。

車場に自動車を駐《と》め、自動で上に登る装置に乗って最上階へと向かう。

大天狗が、鍵を使って扉を開けると、勝手に室内の明かりが点《つ》いた。最初に目に入った壁と床は、白に薄墨を流したような模様の石に覆われており、ごちゃごちゃしていて何が描かれているのかよく分からない絵が飾られていた。中に入れば、調度品と思しきものは全て黒で統一されており、壁際には湖畔の家で見たような水槽があり、蛟《みずち》のような魚がゆうゆうと泳いでいた。

大天狗が何かを操作すると、ガーという耳障りな音を立てて、壁を覆っていた布が勝手に畳まれていく。

布の向こうにあったのは壁ではなく、硝子《ガラス》張りの窓であった。

大天狗の家に着いたのはすっかり日が暮れてからのことだったが、あれほど気味の悪かった不知火が、見下ろした世界の一面をびっしりと埋め尽くす光景は、それでも美しいと思えるものだった。

一般の人間の生活を知らない雪哉も、この『家』は、おそらくとても豪華な部類であるということは察しがつく。

山のような高さのこの建物には、階や部屋ごとに持ち主がおり、壁を一枚隔てた向こうとは、ほとんど付き合いのない暮らしを営んでいるのだという。

「それってなんか、不安になりませんか？　だって、隣に誰がいるかもよく知らないってことでしょう？」

「不審がられずに済むから、都合はいいだろ？」

そう言って大天狗はニッと笑った。

大天狗は、他にもいくつか持ち家があるらしい。そこからわざわざここを選んで自分を連れて来たのには、そういった理由があったのだ。

「千早もそうだったけれど、君がある程度この世界の生活に慣れるまでは、ここで生活してもらうよ。千早の使っていた部屋を引き継いでくれ。この部屋を出たら御内詞は禁止。最低限自活出来るようになるまでは、原に面倒を見てもらうといい。慣れて来たら人間の仕事相手を紹介するし、先方が許せば、俺たちみたいに人間に紛れて暮らしている連中を紹介しよう」

そう言って、天狗はだだっ広い室内の中央に置かれた黒革の腰掛けに身を投げ出した。

「ああ、真面目な話をしたら腹が減った。もう飯にしようぜ」

「あんた、運転もしてないくせに……」

原が白い目を向けると、「だから今日は出前で！」と大天狗は大声で言う。

「北山雪哉くんの歓迎パーティーは後でしっかりやるとして、今日はもうスピード重視だ。ピザにしようぜ、ピザ！」

そうして、雪哉が外界に来て最初に口にした食べ物は、甘いトマトソースとチーズのたっぷりかかったマルゲリータになったのだった。

外界の食事は味が濃いと思った。

翌日から、雪哉は原のもとで外界について学びながら、家事を行うことになった。

日中、仕事着で出ていく大天狗に代わり、原は、色々なことを雪哉に教えてくれた。

指先ひとつで水が出る仕組みや、鬼火や火を使わない明かりの正体。『国』という概念。多くの人間が参加する政治の仕組み。この『国』の『海』を越えた先にある『外国』のこと。

買い物に出れば、人間に混じってスーパーで夕飯の食材を買い、薬局ではトイレ掃除の洗剤を買った。

気になったものについてはその場で指をさして説明を求め、「外国の方ですか？」と店員に声をかけられたら、笑顔で「リューガクセーです」と答えて躱《かわ》す。

いざ生活を始めてみると、人間達の世界は、覚悟していたよりもそう突飛《とっぴ》なものではなかった。

家の素材や乗り物、文化や習俗は違えども、人間という生物そのものの持っている感覚は、思っていたよりも八咫烏に似ていると思ったのだ。

雪哉はそれまで、怯《おび》え切った子ども以外に人間を見たことがなかった。普通の生活を営む人間たちを見て、初めて、違う生き物と思ってこれまで必要以上に警戒していた自分に気付かされたのである。

原に教わりながら食事を作り、洗濯をし、掃除をする毎日は、大変だったがやりがいはあった。

　どうして家事までやらせるのかと思ったが、まずは人間の生活をその身で体感するのだ、と大天狗は主張して憚《はば》からない。少年だった金烏にも同じことをやらせたと聞いて、あの主君の料理好きはこれが原因かと納得がいった。

　テレビの絵が動くのは呪法ではなく科学の仕組みであり、こういった電化製品は山内に持ち込もうとすると壊れるのだと聞いた時、ふと、外界と山内を支配する何かが違うのだ、という直感を得た。

　知れば知るほどに外界は大きく、外界の『科学』の力もまた、大きかった。『科学』によってもたらされた武器の威力には背筋が寒くなったが、同時に、山内に存在するような結界は、外界に存在していないことにも気付かされたのだ。

　過去に天狗が銃を持ち込んだ時、それは錆びて腐り落ち、ステンレスとカーボンスチール製のナイフは濡れたせんべいのように変化したという。

　外界を動かしているのは『科学』であり、山内を動かしているのは山神の力なのだ。

　――山神の守る地という意味を、外界から見て、ようやく理解したような気がした。


　色々な場所に連れて行かれ、場合によっては簡単な日雇い仕事などもこなせるようになると、大天狗は雪哉を銀座の衣料品店に連れ出し、体の線にぴったりと合うスーツを買い与えた。

「いいか、覚えとけよ北山君。これからお前を連れて行く場所には、お前の身に着けているスーツや時計で、お前自身の価値を値踏みしようとするヤツが大勢いる。勘違いするな、ただお高いものを身に着けりゃいいってもんじゃない。服に着られて七五三になるだけだからな。きっちり自分に合った服を身に着け、たとえ言葉が違っても、あんたと自分は共通の価値観を持つ者同士で、いつかビジネスパートナーとしてまっとうに付き合う日が来るかもしれませんよとアピールするんだ」

その後、大天狗に連れていかれたパーティーでは、山内でいうところの貴族階級の者が大勢いた。にこやかで友好的に挨拶を交わす彼らは、どこか四家の貴族に似て、全員信用ならないと思った。

帰りのタクシーの中で、彼らを相手にして外貨を稼がなければいけないと思うと、頭痛を覚えたものだった。

最近では家事の他に、大天狗の仕事の雑用なども任されるようになっていたが、大天狗の一番の交易相手については、関わらせてもらえていない。

外界には、人間に紛れて暮らす人外《じんがい》が天狗以外にも存在しているという。今のところ接触はないが、彼らは非常に警戒心が強く、己達の身を守るために必死になっているということは、天狗の言動の端々からなんとなく伝わっていた。

八咫烏の一族も正体を隠しながら、己の損得しか物差しのない人間と、対等かそれ以上にやっていかなければならないのだ。天狗の補助はあるが、いつまで味方になってくれるかは分からない。味方でいてくれるうちに出来るだけ吸収しなければならないと、雪哉はとにかく必死だった。

こうなってみて、千早がもっと多くの遊学者を出すべきと主張していた理由も、心の底から理解したのだった。


その日は、本当に疲れていた。

大天狗が秘書のように雪哉を使うようになって、もう数か月が経っている。朝からあちこちを回ってパーティーに同行し、ようやく戻って来た夜であった。

千早から引き継いだ一室は、大天狗の自室よりは狭いが、雪哉の基準からすれば十分に立派なものだ。

付箋の多く貼られた辞書の並ぶ勉強机とベッド。ウォークインクローゼットの中身は同じようなシャツとスーツばかりで、私服は百貨店で購入した一揃いのみである。

大天狗の仕事を手伝うようになって以降、小遣いと称して一定の金は与えられていたのだが、それにはほとんど手を付けてはいなかった。

殺風景な部屋を見た大天狗には「いかにも社畜の部屋って感じ。奈月彦や千早だってもうちょっとなんか置いてたぞ」などと呆れられてしまったが、帰還する時のことを思えば、荷物を増やす気にはなれなかった。

そう。外界遊学は順調に進んでいたが、いつだって、雪哉は山内に帰りたかった。

がらにもなく、着替えもしないままベッドへと飛び込んだ。

柔軟剤のいい香りがする。

気付けば、もうすぐこちらに来て一年になろうとしている。定期報告は上げているが、そろそろ山内に戻り、直接金烏に報告を上げてもいい頃だ。

そういえば――金烏の言っていた、相談したいこととは何だったのだろう？


電話が鳴っていた。

目を開き、その眩しさに顔をしかめる。

蛍光灯を点けっぱなしにしたまま、いつの間にか眠ってしまったらしい。

枕元でピカピカ光っているのは、新しい物好きの大天狗に持たされている携帯電話だ。

「もしもし」

反射的に出てしまってから、今の時刻を見て「おや？」と思う。

ベッドサイドに置かれたデジタル時計は、業務連絡ではあり得ない時刻を示している。

不審に思いながら携帯を耳に押し当て、聞こえてきた言葉に雪哉は顔をしかめた。


「は？」

＊　＊　＊

夕闇の中、手鞠《てまり》のようにまるまると咲き誇る紫陽花《あじさい》が、ぼんやりと浮かび上がっている。

雨の雫を纏《まと》う花に埋もれるようにして立つ彼は、こちらを見た。

信じられないという顔で。


「どうして」

＊　＊　＊

すみ、と。

自分の真名《まな》を呼ぶ声が聞こえた気がした。

愛娘の隣でくつろいでいた浜木綿《はまゆう》は、弾かれたように顔を上げた。

「――今、陛下の声が聞こえなかったか」

「はい？」

菊野《きくの》がきょとんと目を瞬く。その隣では、姫宮と茜《あかね》が夕餉《ゆうげ》を口にしていた。

「いえ、あの、わたくしには分かりませんでした」

主上《しゅじょう》がいらっしゃるという報せもありません、と菊野は言う。

「雨音がしますからね。何か、聞き間違えられたのではありませんか？」

「いや……」

確かに、夫の声が聞こえた気がした。

戸惑いの声を背後に聞きながら、何かに引き寄せられたかのような感覚で、浜木綿は濡れ縁に出た。

そぼ降る雨に、空気は冷やされている。

どんな音も遠い。

日は暮れたばかりであり、雨雲のせいで薄暗いが、夜闇というほどではなかった。

のったりと不穏に渦を巻く雲の下に、朝廷を内包する中央山《ちゅうおうさん》は悠然と聳えている。

その方向、黒に紛れそうな灰色の空の中に一点、黒い影を見つけた。

それは、あまりに大きい鳥影であった。

普通の馬の、ゆうに三倍はあるだろう。

ただの馬ではあり得ない。

その周囲に、馬に乗った山内衆とおぼしき影がまとわりつくように近寄っていったが、大きさの違いは明らかだった。

羽を広げた姿は、一種異様な迫力があった。黒い翼で空を割って進むようにして、こちらへまっすぐに向かって来る。

そして、この山内で、これほど大きな鳥形《ちょうけい》を持つものは、たった一人しかいなかった。

「奈月彦」

呟き、裸足のまま濡れ縁から地面に下りる。

嫌な予感がした。これ以上ないくらい。

これまで、夫が鳥形になったことなど、本当に数えるほどしかない。

金烏になってからは全くだ。どうして、こんな時間に、予定もない訪問がある？

「奈月彦……奈月彦！」

気が付けば叫んでいた。

ぎょっとする護衛や下女らを無視して、薬草園の中を走り抜ける。

空を見上げたまま垣根を飛び越え、薬草や灌木《かんぼく》を踏み倒すようにして、ただただ浜木綿は鳥影に向かって走った。

顔に雨粒が当たり、足を枝で切り、石を踏んでよろけたが、気にしてなどいられない。

今や誰の目にも明らかに、金烏はこちらに向かって来ていた。よろよろと、おかしな飛び方で。

「奈月彦ぉ！」

最後に夫を呼んだ声は、絶叫となった。

かくん、と力を失くしたように、この世で最も大きな烏は、浜木綿の前に落ちてきた。

意図した滑空ではない。着陸ではない。

ただ、落ちてきた。

夢中でその体に飛び込むようにして支えるが、ひどく重たくて、その場に一緒に頽《くずお》れてしまう。

艶《つや》やかな羽毛に覆われた顔は温かい。

急いで体を起こし、泥水に突っ込むようになってしまった顔を抱きかかえた。

浜木綿を追って来た周囲の者が何事かを叫んでいたが、それを言葉として認識できるほどの余裕はない。

掌で、嘴《くちばし》から泥をぬぐう。

――濃厚な血の匂いがしていた。

手が震え、体が震える。

振り返り、そこにいる者を怒鳴りつける。

「医《くすし》を呼んで来い！　早く！」

早く、早く、早く！

浜木綿の叫びに呼応するように、ざわざわと腕の中の羽が逆立った。

ハッとして目を向ければ、魚の鱗《うろこ》を無理やり剝《は》がす時のような音を立てて、大烏は転身《てんしん》しようとしていた。

「奈月彦、分かる？　私だ。すみだよ」

顔を覆っていた羽が肌の中に吸い込まれ、一部は剝がれ落ち、白い顔が露わになる。

だが、目はこちらを見ていない。焦点が合わない。合わせようとも、していない。

「奈月彦！」

じりじりと左の翼がひとの形になろうとしたところで、不意に、転身が止まった。

顔と、首と、右腕しか、人形《じんけい》には戻せなかった。

左腕と下半身は黒い羽毛に覆われたまま、不格好なほどに大きいままの下半身には鉤爪《かぎづめ》がついている。

大きな烏と人間の体を無理やり切って継ぎ合わせたような、醜悪《しゅうあく》な見た目の体が、震えている。

寒いからではない。生き物として最期の、生理的な動きだ。

「ああ……」

その瞬間、浜木綿は全てを理解した。

彼はもう、ほとんど生きてはいない。でも、ただ自分との約束を果たすためだけに、夫はここまで、自分のもとまで飛んで来てくれたのだ。

――浜木綿に、自分の死に水を取らせるために。

「お疲れさん」

気付けばそう呟いていた。

不意に口をついた一言だ。

こんな時に不釣り合いなほどにその声は落ち着いて、穏やかに響いた。

そしてそれを聞いた瞬間、奈月彦は、ふううと、ひたすら長く深い息を吐いたのだった。

逆立っていた羽が静かに寝ていくのを、浜木綿はしかと見届けた。


安永《あんえい》九年。涼暮月《すずくれづき》の三日。

真の金烏奈月彦は、皇后の腕の中で、その生涯を終えたのだった。

＊　＊　＊

長束《なつか》が最初に報せを受けたのは、明鏡院《めいきょういん》に隣接する私邸にてであった。

勤めを終え、楽な恰好となり、これから側近達と共に食事をしようとしている時だったのだ。

突然、庭先に飛び込んで来た鳥影があった。

咄嗟《とっさ》に護衛の路近《ろこん》が大太刀を手に取ったが、その馬の懸帯《かけおび》を見て片方の眉を吊り上げた。

「山内衆ではないか」

明鏡院を護衛している神兵も驚く勢いだが、懸帯ゆえにここまで止められることがなかったのだろう。

取次を頼むこともせずに直接庭に下りてくるなど、ただごとではない。

「何用だ」

路近の問いに山内衆は口を開きかけ、その巨軀《きょく》越しに長束の姿に気付くや、許しも得ずに呼びかけてきた。

「長束さま！　今すぐ、紫苑寺《しおんじ》へいらして下さい」

「姫宮に何かあったのか」

紫苑寺と聞いて腰を浮かせたが、しかし、次に飛び出てきたのは思わぬ名前だった。

「陛下が紫苑寺にいらっしゃいます」

「何だと？」

どうしてそんな所に、と問う間もなく続けられる。

「お怪我をされています」

息を呑んだ。

「酷《ひど》いのか！」

「とにかく、お早く」

そこで事の重大さを悟った。

通常、怪我の程度の報告を怠るなど山内衆ならあり得ない。

「長束さま」

衣服を改める余裕もなく、側近が咄嗟に差し出してきた適当なものを羽織って外に出る。

すでに日は落ちており、雨も降っていた。

濡れるのも構わず、引き出されてきた馬に乗って紫苑寺へと向かう。

降りつける雨のせいで、視界がろくに利かなかった。

かろうじて山内衆の誘導に従って舞い降りた紫苑寺周辺は静まり返っている。

山内衆の持つ頼りない鬼火灯籠《おにびどうろう》の明かりのもとでも、そこに広がる光景の異様さは明らかだった。

薬草をなぎ倒すようにして横倒しになった、黒い影。鳥形だが、こんなに大きな八咫烏は見たことがない。

そう思って、全身から血の気が引く思いがした。

――まさか。

急いで近付けば、それは完全な鳥形ではなく、体の一部分は人形であった。

その頭を膝の上に抱えるようにして、泥まみれの浜木綿は地面に腰を下ろし、項垂《うなだ》れていた。

鬼火灯籠の灯りの中、彼らの姿はぼんやりと浮かび上がっている。

皇后を濡らすまい、その姿を他の者には見せまいと、下女が震えながら着物を両手で目一杯に広げている。絶望的な顔でこちらを見た下女の頬は濡れていたが、それが雨なのか涙なのかは分からなかった。

彼女達の傍らに棒のように立ち尽くしているのは、紫苑寺の医である。

手は血で濡れているが、治療らしきものは行っていない。顔の色は紙のように白く、目を見開いたままだ。

浜木綿は震えていなかった。

いっそ無感動なほど透明な表情で、じっと腕の中のものを見下ろしている。

腕の中を覗き込んで、長束は呻《うめ》いた。

淡い願いは断たれた。

白皙《はくせき》の美貌には、ほとんど血がついていない。口だけが、血であふれて妙に赤かった。

うっすらと開いた目はまだ澄んでいるが、どこも見てはいない。


そこで死んでいたのは、最愛の弟であり主君、真の金烏奈月彦に他ならなかった。


「陛下なのか……」

分かり切ったことを呆然と呟く。誰も何も答えようとはしない。

何もかも、道理の通らない悪い夢のようだった。

唯一の兄弟として助け合い、忠誠を誓い、その命を守ると誓った相手が、どうしてこんなところでただの死体となり果てているのか、脳が理解を拒む。

一体どうしてこんな所で――金烏が死んでいるんだ！

そして、危機感に全身を悪寒が駆け巡る。急速に頭が回り始めた。

「責任者は」

己のものとは思えないほどに低い声が出た。

「山内衆は何をやっていた！」

　こちらの声を聞きつけ、紫苑寺の伽藍《がらん》から、駆け出てくる人影があった。

　弟が最も信用していた山内衆の一人、千早である。

「明鏡院さま」

「何があった」

「分かりません」

　千早の顔色は悪く、表情はこわばっていたが、無駄口は一切叩かなかった。

「陛下が夜御殿《よんのおとど》でお人払いをなさった後、姿が見えなくなり、何故かこちらに現れました。その時点で負傷しており、現在、お傍にあったはずの蔵人頭《くろうどのとう》と山内衆一人の行方が分かっておりません」

「死因は」

「これです」

　呼ばれてやって来た医が、尋常でなく震えながら、それを差し出した。

　短刀だ。懐剣のような。

　――下手人がいる。

「山内衆はどう動いている」

「姫宮と皇后さまの御身をお守りするため、動員できる限りの戦力を使い、この周囲を固めています。中央山の警戒に当たっていた者を総動員して情報を集めていますが、まだ具体的なことは分かっておりません。突然、陛下が烏形で現れたと」

舌打ちし、濡れて垂れてきた髪をかき上げた。

己がしっかりしなければならない。

今、千早を責めても何にもならない。

とにかく、宗家近衛《このえ》の山内衆は、金烏を失って指揮系統が混乱している。

山内衆は宗家の近衛隊だ。宗家の者にしか、動かす権限はない。

自動的に上皇に権利は移管されるはずであり、長束が指揮するためには、すぐに上皇の言質《げんち》を取らなければならなかった。同時に北家当主、羽林大将軍《うりんたいしょうぐん》に羽林を動かす許可も得る必要がある。

いつの間にか集まってきた、こちらの指示を待つ山内衆を見渡し、覚悟を決める。

「山内衆の指揮権は早急に私が取る。各自、このまま下知を待て。同時に、明鏡院長束の名において、羽林大将軍に緊急の要請を行う。羽林を使って宮中を封鎖しろ。誰ひとりとしてここに近付けるな！」

は、と山内衆の声が揃って返る。

「路近！」

「はいはい」

名を呼べば、心得たように、背後に控えていた巨体が進み出る。こんな状況でも、彼はいつも通りだった。

「神兵を使って紫苑寺の警戒に当たらせましょう。ここの護衛をしている山内衆は調査に使ったほうがよろしいでしょうな」

「大将軍からの許可を得次第、本件に関する全ての命令は明鏡院へ寄越せ。私は父上より権利を貰い受けに参る」

にわかに人が動き出した。

――陛下はどこからここに飛んできた？　見た者はいないか？

――急いで証言を集めろ。

――御所の連中は何をやっている！

――ご遺体を雨ざらしにはしておけない。

――しかし、この大きさだぞ。担架《たんか》では運べない。

悲壮なざわめきの中、長束はすぐ隣に立ったまま動かない千早を見た。

「どうして、山内衆は陛下の傍を離れた」

千早は謝らなかった。感情を押し殺したような低い声で、ただ報告する。

「分かりません。夜御殿にいらっしゃるものと思っていましたが、いつの間にか姿が見えなくなったと報告を受けています」

警護の責任者とはいえ、四六時中共にいるわけではない。山内衆は基本的に同格であり、当時、金烏についていたのは、千早や雪哉よりも幾分年若い――勁草院の体制変更後に峰入《みねい》りした、真の金烏に忠誠のある世代の者だった。

「陛下は、自分から人払いを？」

「はい。そして、私を呼んだそうです」

私邸で休む千早のもとに、報せがもたらされた。

来てくれ、と。

「お前を呼んだだと？」

「はい、夜御殿に」

しかし、実際に千早が駆けつけた時、その姿は見えなかった。

どこに消えたのかと思っていると、緊急の報せが紫苑寺からもたらされたのだ。

「そして、これです」

ごっそりと生気の抜けた顔で、千早はどこか投げやりに言う。

「何が起こったのか、分かりません。陛下が一体、どこで、誰に刺されたのかすらも」

長束は深く息を吐いた。

「……誰かは分かる」

少なくとも、黒幕が誰かは明らかだった。

「長束さま――」

「このまま凌雲院《りょううんいん》へ向かう。父上より指揮権を取り上げねば」

千早の言葉を最後まで聞かず、長束は馬に飛び乗った。

＊　＊　＊

その時、紫雲《しうん》の院は、下女に足の爪を磨かせていた。

くゆる香は気に入りのもので、口にする茶は花の味がする。

優雅に扇で顔を煽《あお》がせていると、ふと、外が騒がしくなった。

「何事ですか。いかな明鏡院さまといえども、無礼であろう！」

必死に言いつのる女房の声に続き、きゃあ、という悲鳴が上がる。

止めてくる女房の手を振り払い、こちらに向かって足音も荒く向かって来る人影があった。

そこに現れたのは、怒りで体が膨れ上がったかのようにすら見える、紫雲の院の一人息子の姿だった。

髪は逆立たんばかり。肩は濡れており、法衣も着けていない。

顔は憎悪に歪《ゆが》んでいた。

その姿、その顔色を見て、紫雲の院は、自分の念願が成就したことを悟った。

「騒々しいこと。何かあったのかえ？」

長束は、御簾《みす》越しにこちらを睨んだ。

「陛下がお隠れになりました」

「なんと！」

——ついにやってくれた、と思った。

唇が笑みの形を描くのを隠すため、そっと口元を袖で覆う。

「なんと恐ろしい。では、何か。そなた自ら、母にその報せを持ってきてくれたのかえ?」

「ご冗談を」

ただのついでですよ、と侮蔑もあらわに笑う。

「用があったのは隣です」

紫雲院の隣には、上皇の御所、凌雲院がある。

「そうかえ。上皇陛下は何と?」

「いつも通りです。女房伝えに、『よきにはからえ』とだけ」

全く、と心底疲れたように嘆息する。

「——これが我が父母とは、情けない」

「どうした。久しぶりに会う母への挨拶にしては、随分と礼を失しておるの」

つとこちらを見た目は、炯々《けいけい》と光っていた。

黙れ、という声は唸るようだ。

「貴様、よくも奈月彦を……!」

「何を申しておるのやら」

「この期に及んでとぼけるつもりか!」

「何を勘違いしている。妾《わらわ》は、全くの無関係だ」

濡れ衣を着せられたがゆえの不愉快の表情を作ろうにも、どうにも顔が緩むのを止められない。

「恐れ多くも、金烏陛下は自分のよいように朝廷を好きにし過ぎた。女を金烏にするなど、馬鹿なことを考えて……挙句、娘かわいさに道理を曲げようとして……」

多くの者に恨まれて当然だ、と嘆く。

「当然の報いがあったのではないかえ?」

その瞬間、白刃《はくじん》が走った。

息を殺してこちらを窺《うかが》っていた女達が叫び、一刀のもとに御簾が切り捨てられる。

こちらに迫り来る息子の姿を間近にして、あの赤ん坊が、随分大きくなったものだな、と場違いに感心した。

太刀を喉元に突き付けられ、とうとう隠しようもなく笑ってしまった。

「そなたの気が済むのであれば、怒りに任せて妾を斬り殺すがよかろう」

こんなに近くで顔を見たのは久しぶりである。自分にも父親にも似ていない顔に、とことん縁が薄い息子であったと思う。

「もはや女金烏など夢物語となった。そなたが新しい金烏となる他に道はないのだ。憎ければ妾を殺すがいいわ。妾はそれで構わない」

――それでも、わたくしの勝ちは揺るがない。

どうしても笑いが抑えられない。

こうなった以上、母親をいくら憎もうが何だろうが、息子はこちらの思惑通りに動かざるを得ないのだ。

新金烏代となった息子に入内《じゅだい》するのは、愛する弟の娘、撫子《なでしこ》だ。

撫子は少々薹《とう》は立っているが、まだ、十分子どもは産める年だ。跡継ぎを産みさえすれば、今度こそ弟は外戚《がいせき》として力を握り、いずれ黄烏《こうう》としてこの山内に君臨することが出来る。

期待に胸が膨らんだ。

悲願が達成されるなら、自分が死んだって構うものか。

たとえ他の誰に何を思われようが、弟は、融《とおる》は、私の献身を分かってくれるのだから！

「新たなる金烏陛下に、御祝を申し上げる！」

言って、その場に伏礼する。

それがまるで、首を差し出すような姿勢になることも分かっていたが、本当に、ここで殺されても何一つ悔いはないと思った。

長束が、じっとこちらを見つめる気配がしている。

彼は、おもむろに太刀を振り上げると、板間に深く突き立てた。

「――売女《ばいた》め」

長束は刀を捨て、紫雲の院に背を向けて歩きだす。

後ろ姿を見ているうちに笑いがこみ上げてきて、とうとう我慢が出来なくなった。

＊　＊　＊

母親のけたたましい笑い声を背に、長束は舎屋を出た。

こちらを見上げる、ギラギラと異様に光るやせ衰えた女の瞳が目に焼き付いて離れなかった。

母は、明らかにおかしくなっていた。

彼女は未だに、長束が撫子を妻にするものと思っている。

このまま自分が金烏になったとしても、それだけはあり得ないというのに、そんなことも分からなくなってているのだ。

あれが、私の母。情けなさで己の腸《はらわた》を掻きむしりたかった。

以前から理解しがたい女ではあったが、それでもまだ、昔は理性があった。

いつの間に、道理も理性もなくしてしまったのだろうか。

母の狙いは分かっている。

朝廷一の大官、黄烏。百官の長、博陸侯《はくりくこう》。その身で望み得る最高の称号を、南家当主融に与えることだ。

彼女は血の繋がった弟である融を溺愛している。そして以前より、弟の娘である撫子と、息子である長束を娶《めあ》わせるつもりだったのだ。

だが、奈月彦が真の金烏であったことで全ての計算は狂ってしまった。

奈月彦さえいなければ、というのが、彼女の偽らざる本音だったのだろう。

息子も夫も、果ては山内がどうなろうがどうだって構わないのだ。ただ、自身の弟を黄烏にすることだけが、彼女の望みだったのだから。

奈月彦は、幼い頃から毒を盛られていた。黒幕はどう考えてもこの女しかいなかったのに、とうとう証拠を残さなかった。そしてついに、こんな日が来てしまった。

——分かっていたのに。

長束は音もなく、顔を覆った。

おかしくなってしまったと思ったが、そういった意味では前々から、あの女はおかしかった。長束や、撫子や、弟にも心があるということに、気付かないままここまで来たのかもしれない。

そう思うと、怒りよりも虚しさが勝った。

奈月彦——奈月彦！

未だに、弟が死んだとは信じられない。あれほど慎重に命をつないできたというのに、どうして今になってこんなことに！

「長束さま……」

馬を曳《ひ》いて駆け寄ってきた側近が、躊躇いがちに声を掛けてくる。

「こんなことになるならば、さっさと私が殺しておくべきだったな」

とびきりの冗談のような心持ちで皮肉を言えば、側近は痛みを堪《こら》えるかのような顔になった。

「それは——」

「分かっている」

そんなことを言っても、もう手遅れなのだ。

時、ここに至った以上、あの女を斬り殺しても意味はない。

「あの女のしでかしたことは、必ず詳《つまび》らかにする。歴史にその名を大罪人として刻んでやる。思い通りにはさせない。絶対に」

紫雲院の殿舎を一瞥《いちべつ》してから、側近を見る。

「奈月彦に直接手を下した者がいるはずだ。必ず、そいつを見つけ出さねばならない」

そして、あの女との繋がりを、白日のもとにさらけ出すのだ。

第三章　消えた女

——なんで死んでやがんだ、コイツは。


真っ先に雪哉《ゆきや》の胸の内に浮かんだのは、そんな言葉だった。

金烏《きんう》崩御《ほうぎょ》の報を受けた時、雪哉は全くそれを信じていなかった。

昔から突飛《とっぴ》なことをしでかしていた主だ。どうせ、計略の一環に違いない。

自分は一年もの間、山内《やまうち》を離れていたのだ。こちらの把握していないところで、金烏の何等かの思惑が進行していたとしてもおかしくはない。

自分ごと騙そうとするのは業腹ではあるが、敵を騙すにはまず味方からともいう。自分を欺《あざむ》くことで何かをしようとしているのかもしれないし、表立ってこちらに報せられない事態になり、急いで自分を山内に呼び戻すために嘘の報せを寄越したという可能性もある。

大真面目にそんなことを考えながら、天狗《てんぐ》の出す車に乗り、急いで山内へと戻って来たのだった。

朱雀門《すざくもん》に到着したのは夜半である。

普段は人と物が行き交う朱雀門内部は静まり返り、外の雨音だけがしんしんと響いていた。最後にここを出た時と同様、そこで雪哉の太刀を持って出迎えたのは、後輩の治真《はるま》であった。

「参謀……」

「ふざけた報を受けたぞ。陛下は一体何のつもりだ」

いつもであれば、こちらが訊くまでもなく事情を説明してくる治真の口がいやに重い。まずはこちらへ、と言葉少なに連れて行かれた紫苑寺《しおんじ》の上空は、いつもよりも、はるかに多くの兵が行き交っていた。

紫苑寺の境内には、見慣れぬ白い天幕が張られていた。

その中に入った雪哉を待ち構えていたのは、ひとつの無残な死体であった。

転身《てんしん》の最中にこときれたのだろう。片腕と肩から胸にかけては人形《じんけい》だったが、下半身と左腕は鳥形《ちょうけい》のままで、やたらに大きかった。

無理やり仰向けにされているが、不自然な姿勢となっている。

人形を取った顔だけがいやに綺麗で、黒々として巨大な鳥形部分との差が際立っていた。

うっすらと開いた瞳は既に濁っており、出来の悪い人形のように表情がない。

魂がないと、こんなにも「物」となってしまうのか、と凍り付いたような頭で考えた。

羽衣《うえ》で髪を結う力も残っていなかったと見えて、くせのない黒髪がのたうつように広がっている。顔にかかる乱れ髪は整えられていたが、濡れた首筋には少しだけ張り付いていた。

ふと、若宮《わかみや》であった時分、彼が招陽宮《しょうようぐう》で寝乱れていた姿を思い出す。

結構だらしないひとだったのだ。衣服や身だしなみに無頓着なので、いつも自分が、澄尾《すみお》に言われた物を事前に用意していた。

でも、もうこの人は永久に起きることはない。

――疑いようの一片もなく、そこで死んでいたのは、雪哉がこの人と思い定めた主君、真の金烏奈月彦《なづきひこ》であった。

「どうして……」

目に入っているものが、何一つ信じられない。

悲しいとか、怖いとか、そういったまっとうな感情が根こそぎどこかへ飛び去っていってしまった気がする。

子どもみたいにぽかんとして、しかしそんな悠長なことをしている暇はないのだと、感情に反して頭が猛烈な勢いで警告を発していた。

何か、自分は決定的な何かを見落としてしまったのだという確信だけがあった。

それなのに、時ここに至っても、何が起こっているのか自分にはまるで何も分からないのだった。

「何があった」

ひとりごとのような呟きに、背後に控えていた治真が淡々と答える。

「本日日没頃、何者かに刃物で背部を刺突されたものと思われます。下手人は不明。戌《いぬ》の上刻、陛下は警護の兵に千早《ちはや》を呼ぶようにと命令された後、夜御殿《よんのおとど》へとお戻りになりました。その四半刻後に上空警戒の者が、鳥形の陛下が紫苑寺に向かうお姿を発見。薬草園に下りた陛下に追いついた時、すでに息はありませんでした。失踪当時、お傍にあったはずの蔵人頭《くろうどのとう》明留《あける》と山内《やまうち》衆《しゆうか》鹿島《しま》の行方は未だ分かっておりません」

「――今の指揮は誰が？」

「上皇陛下からの任命を受け、長束《なつか》さまが明鏡院《めいきょういん》にて本陣を張っておられます。すでに全山内衆を緊急動員、羽林天軍《うりんてんぐん》の協力を要請済みです。明鏡院の神兵も動いて中央を封鎖。全力で事態の把握に動いておりますが、未だ陛下がどこで刺されたのか、何者による凶行なのかも分かっておりません。外敵の襲来、反乱鎮圧などの要件には当たらないため、全軍参謀の任命は見送られたまま、助言を請うに留まっています。また、千早殿は警護を怠った責により太刀を明鏡院に預けた状態で待機中です」

深く息を吐く。

未だに現実感はないが、情報を与えられれば、自分の行うべきことは自然と見えてくる。

「分かった。これより明鏡院へ向かう」

「長束さまも参謀をお呼びです。お連れいたします」

明鏡院では、山神《やまがみ》を祀《まつ》る本殿が開放されていた。

だだっ広い板間には無数の地図が広げられ、慌ただしく出入りする者達が緊迫した様子で何事かを話し合っている。

それを聞く長束は、どこか腹の決まった気配をしていた。

やって来た雪哉を見た長束は、前置きもなしに言い放つ。

「明鏡院長束の命により、山内衆雪哉に真相究明の任を命じる。以後、下手人の捜索、捕縛《ほばく》に努めよ」

「拝命いたします」

「背後にいるのは紫雲《しうん》の院だ」

突然の断言を不審には思わなかった。

分かり切っていたことだ。

「あの女、自分が黒幕だと思うなら殺せばいいと笑いおった。たとえここで斬り殺されたとしても本望だとな」

ほとんど自供したようなものだ、と言う長束は、笑い損ねたような顔をしている。

それは、笑うしかないだろう。愚かでおぞましいあの女は、長束にとって色濃く血の繋がった実母なのだ。

あの女は、宗家《そうけ》としての自覚はなく、私欲でしかものを考えられない愚物だ。自分の欲望を満たすためだけに動く。そこには大義も、未来への展望もない。山内を一致団結して守ろうとしているというこの時に、肝心要《かなめ》の真の金烏を殺すなんて、到底正気の沙汰ではなかった。

「――こうなった以上、還俗《げんぞく》して即位はしよう。だが、日嗣《ひつぎ》の御子《みこ》には紫苑《しおん》を指名する。后《きさき》を迎えることはしない」

雪哉にしか聞こえないような囁《ささや》き声で長束は言う。

「お主は甚《はなは》だ不本意だろうが、変わらぬ献身を期待している」

雪哉は思わず顔を伏せ、小さく「はっ」と応えるに留めた。

長束はそんな態度を咎《とが》めたりはせず、切り替えたようにはっきりした声を上げた。

「黒幕も、その狙いも分かっている。あとは立証するのみだ」

何よりもまずは、下手人を捕まえなければ話にならない。

これまでの経験上、実行役は早々にお払い箱になるのが常である。蜥蜴《とかげ》の尻尾を切るように、紫雲の院へとつながる前に殺されるのだ。

「とりあえず、朝廷《ちょうてい》の動きはこちらで押さえている。そなたには何があったのかの把握に努めてもらいたい」

「陛下が刺された場所が、未だ分かっていないと聞きました」

「ああ。夜御殿から忽然《こつぜん》と姿を消したらしい」

人払いをした後、金烏は明留と鹿島を伴ってどこかへ向かい、そこで何者かに襲われたと見られている。だが、外廷《がいてい》につながる門は山内衆が固めていた。御座所から他に通じているのは、神域につながる禁門《きんもん》と、今は主のいない後宮――藤花宮《とうかぐう》だけである。

当時禁門へ向かう門は閉ざされ、禁門を管理する神祇官《じんぎかん》のほうでも異常はなかったと報告が上がっている。藤花宮も同様で、御座所から後宮へ至る門は閉められたまま、鍵も規定の場所から動かされていなかった。

「後宮に紫雲の院の配下が残っている可能性もあるのでな。山内衆を遣《や》って中を検《あらた》めさせたが、異常は見つからなかった」

一体、どこで金烏は遭難したのか。

そして、明留達は今どこにいるのか。

「奈月彦のことだ。我々の知らない経路を知っていて、外に出たとしか思えん」

――即位以来、あれほど慎重になっていたというのに、どうして。

妙な違和感を覚えながらも、雪哉の脳裏にふと、懐かしい宮殿が思い浮かんだ。

「桜花宮《おうかぐう》はどうです？」

長束が意表を突かれたように目を瞬く。

「……何？」

桜花宮は本来、日嗣の御子の正室のための宮だ。該当者がいない場合、慣例として適当な女宮に管理が任される場合もあったが、該当する金烏の妹宮は尼寺にいるので、現在は封鎖されていた。

後宮に準じる宮である桜花宮は、一部、後宮にも繋がっている。

「以前、上皇陛下が後宮を通らず、桜花宮の者と接触したと見られる事案がありました。陛下が日嗣の御子であった頃、登殿《とうでん》の儀の時のことです」

どこを通ったものやらと呆れる澄尾《すみお》に、金烏はこう答えていた。

「位置関係からして、宝物庫しかあり得ない、と」

いつか暇があったら抜け道を探してみるか、などと、のんびり口にしていたのだ。

長束は顔色を変えた。

「桜花宮までは、まだ見ていない」

「では私が行って参ります」

近習《きんじゅう》であった頃、雪哉は何度も若宮に同行して桜花宮に入っている。

「流石《さすが》に、桜花宮の地形を把握している者は私の他にいないでしょう」

何かあったとしても、長束の指示があれば問題はないと思っての申し出だったが、すぐに同じことを思ったのか、長束も「分かった」と頷いた。

「必要な鍵は、皇后に言ってすぐに届けさせよう。すぐに神兵を手配して送るから、まずは外から桜花宮へ向かってくれ。手空きの山内衆を連れて行くといい」

「私もお供いたします」

治真がすかさず名乗りを上げ、雪哉が頷きかけた時、つと、講堂の隅の人影がゆらりと立ち上がった。

「自分も、同行をお許し願えませんか」

言いながら近づいてきたのは、千早だ。

彼は丸腰で、その体は濡れたままである。

一瞬、長束は迷った顔をした。千早は警護を怠った廉《かど》で処分待ちの身であるが、今は人手が惜しいと判断したのだろう。

「よかろう」

許可を得て、三人は揃って講堂を出た。

雪哉と千早は並んで歩いたが、治真は遠慮するように一歩下がった位置でついて来ている。

歩きながら横を見たが、千早の表情からは今何を考えているのかを窺《うかが》い知ることは出来なかったし、雪哉もそれを訊こうとは思わなかった。

自分に代わって警備の責任者を務めていたのは千早だった。何をしていたと詰《なじ》るのは簡単だったが、それが圧倒的に無意味で、徒労であることはよく分かっていた。千早のためにそうしてやれるほど雪哉は親切ではなかったし、そんな気力も今はない。

お互い、感情を伴って言葉を交わせるようになるには、だいぶ時間がかかるのだろうという予感があった。

無言のまま馬に乗り、一路桜花宮へと向かう。

いつの間にか雨は止み、周囲は明るくなりつつあった。

雨の匂いが濃い朝焼けの中をぐんぐん上昇し、やがて、だだっ広い車場を持つ門と、その周囲の山の斜面に絡みつくようにして建てられた、見事な懸け造りの殿舎の数々が目に入る。

雪哉にとって久方ぶりの訪問となる、桜花宮である。

外観に異常がないかを一通り確認してから、舞台へと舞い降りる。

「門が閉まっていますね」

治真が、内部に続く土用門を確認して言う。雪哉は即座に馬首を巡らせた。

「馬のまま土用門を越えるぞ。藤花殿《ふじのはなどの》に面する中庭があるから、そこから中に入って、まずは藤花殿の中を検めよう」

藤花殿は、後宮へとつながる殿舎である。

再び馬を駆って門を飛び越えると、急峻《きゅうしゅん》な岩肌に建てられた渡殿《わたどの》と、そこから続く岩棚が視界に入った。その岩棚に設けられた庭園の向こうには、山の中へと続く藤花殿があるはずだ。

「おい」

――それに最初に気付いたのは、千早だった。

手入れのされた庭木の枝越し、渡殿に囲まれた中庭に、何かがあった。

制止する間もなく、千早が馬から飛び降りる。千早に続いて雪哉も中庭に駆け込み、足が止まった。

現場は凄惨を極めていた。

今を盛りと咲き誇る、鮮やかな青や紫の紫陽花《あじさい》の隣。

整然とした白砂の上には、真っ黒な、生臭い液体が盛大にぶちまけられていた。

戦場の匂いがする、と思った。

時間が経った血の、腐った果物のような、吐き気を催すような甘い臭気。

雨も、それを洗い流すには足りなかったのだろう。清らかな朝日を受け、庭石の上でとろりと光っているのは、誰かの体液に間違いなかった。

その中に、人の形をしたものが二つ、転がっている。

ひとつは、金烏の不寝番《ねずのばん》についていたはずの山内衆の鹿島だった。雪哉や千早より四期下であり、自分達からすれば後輩ではあるが、その役目を任せるのに十分な力量と経験があったはずだ。

彼は胸から矢を生やし、手には太刀を持ったままだった。

そして、転がる体がもうひとつ。

「明留……？」

千早が、彼のものとは思えぬ弱々しい声でその名を呼んだ。

すでに死んでいるのは明らかだった。

それどころか、明留の遺体の状態は、故人を偲《しの》ぶにはあまりにむごい有様だった。

相当に抵抗したのだろう。

右腕の肘から先は斬り落とされ、体には二本の矢が刺さっている。苦しみのあまりのたうち回ったのか、まるで書き損じた紙で筆の墨を拭ったかのように、血があちらこちらに飛び散っている。

あれほど秀麗だった顔が思い出せなくなるほど、その顔は変わり果てていた。

まるで、目の前に凶手《きょうしゅ》がいるかのように目を見開き、鼻に皺《しわ》をよせ、すさまじい形相《ぎょうそう》で虚空を睨んだままなのだ。

しかもその顔の下半分は、ぐちゃぐちゃに砕かれていた。

どうしてそこまでする必要があったのか。

桃色の肉が露出している中途半端に繋がった下顎はぶらぶらと揺れ、白く小さな歯が血だまりの中に転がっているのを認めたのだった。

「――報告を」

報告をしませんと、と、つっかえながら声を出したのは治真だった。

「急ぎ、本陣に戻り、長束さまへの報告と、しかるべき応援を連れて参ります……」

雪哉の返答を待たずに踵《きびす》を返し、治真は放置したままだった馬へと駆け戻った。

応援が来るまでの間、千早と雪哉は動けないまま、雨上がりの澄み切った光の差す惨状を、静かに見つめ続けたのだった。

＊　　＊　　＊

一夜明けて、金烏崩御の報は、朝廷の知るところとなった。

正式な声明を出す前に、四家がそれぞれに何があったのかを嗅ぎつけ、中央は火をつけたような騒ぎになったのだった。

これまで、金烏が明確に弑逆《しぎやく》された事例などない。

多くの者は驚き、困惑し、未だ下手人が分かっていないこと、金烏を守り切れなかったことに怒り、山内衆に猛烈な批判を浴びせたのだった。

そんな貴族達をうまく宥《なだ》め、山内衆主体の調査を支援したのは明鏡院長束であった。

上皇からこの件に関する権利の一切合切を与えられた長束は、誰よりも理性的に動いた。

形式的には自身の配下である神兵によって山内衆の取り調べを行い、その忠誠心の確かな者に権限を与えた。調査の筆頭として、事件当時山内を離れていた雪哉を任命したのも、金烏弑逆の罪に明らかに関わりのない山内衆が必要だったからだろう。


金烏が刺されたのが、桜花宮であるのは明らかだった。

金烏は夜御殿に入った後、当時の護衛責任者であった千早を呼び、その到着を待つことなく、不寝番の山内衆一人と蔵人頭を連れ、桜花宮へと向かった。そこで何者かの襲撃に遭い、山内衆と蔵人頭は死亡。金烏自身も大怪我を負い、鳥形のまま紫苑寺へと向かい、そこで絶命したのだった。

そこで焦点となったのは、金烏の軽挙の理由だった。

金烏は慎重になっていた。

以前のように軽々に出歩くことはしなかったし、仮に本人がそうしたいと言い出したとしても、明留と山内衆が承知したはずがない。

どうして金烏は、軽々に桜花宮に行こうなどと思ったのか。

どうしてこんな所に、こんな少人数で――まるで人目を避けるかのように、向かったのか。

何か、特別な理由があったはずなのだ。

それが分からない限り、真相は闇の中である。

前日、桜花宮では清掃が行われていたという。

紫苑の宮が、日嗣の御子として指名を受ければ、入ることになるのは招陽宮である。だが、正式にそうなる前に、桜花宮に入ってはどうかという話になっていたのだ。

金烏と皇后には、そろそろ宮廷に姫宮を戻したいという思いもあり、後宮の整備と同時に、桜花宮の準備も始めていたのだった。

桜花宮において金烏が遭難したと分かった時点で、蔵人から手掛かりと思しき証言が挙がっていた。

彼は、清掃の様子を見に桜花宮を訪れ、そこで蔵人頭宛の文を預かったと言うのだ。

「蔵人頭への文を預かることはよくあります。便宜を図って欲しいという頼みから、個人的な付文まで、内容はさまざまです。蔵人頭は、そういったものは一度は必ず自分に届けるようにとおっしゃっていました」

女は「内容を見て頂ければお判り頂けるはず」と言って、自分から名乗ろうとはしなかった。その見た目は三十代ほどの、上品な貴族風であったという。

明留に届けられた文の内容は、誰も知らなかった。

清掃を行った女達の指揮をしていたのは、もともと西領の貴族の妻である、山路《やまじ》という名の女房であった。新しい後宮を作るため、紫苑の宮の羽母《うば》の推薦を受け、責任者として皇后が抜《ばっ》擢《てき》した女である。

雪哉は、まずは山路に話を聞くことにした。

山内衆によって桜花宮に連れれて来られた山路は、五十過ぎの上品な婦人であった。

舞台の上に張られた天幕の中へとやって来た彼女は、金烏が桜花宮で殺されたと聞き、ひどく狼狽《ろうばい》していたが、それでも雪哉の質問には歯切れよく答えた。

「桜花宮の清掃に動員された者は、どのような者ですか？」

「いずれ、桜花宮に仕える見込みのある者です。わたくしが一人一人、身元の確かな者を選び、呼び寄せました。少し前まで桜花宮に仕えていた者は紫雲の院に従っておられるので、誰も呼んではならぬとのご命令でしたので……」

皇后は新しい人員を求めていたが、全員それでは勝手が分からないので、桜花宮で仕えた経験のある山路に白羽の矢が立ったのだ。

「あなたは、先々代の皇后陛下に仕えていた？」

「はい。行儀見習いとして後宮に上がっておりました。紫雲の院が夏殿の御方《おんかた》として登殿された折は、秋殿に配属され、金烏陛下の母君であらせられる十六夜《いざよい》姫にお仕えいたしました。紫雲の院が入内《じゅだい》された際、わたくし自身にも縁談があり、西領に下がらせて頂いたのです」

この年になり大役に抜擢された山路は大いに恐れ驚いたが、どうしても、という皇后の言葉もあり、決心のもと中央に出て来たのだった。

「真剣に、まっとうな者を選んだつもりです。まさかこんなことになるなんて……」

青ざめて震える山路に、雪哉は淡々と質問を重ねる。

「昨日、誰が来ていたか分かりますね？」

「はい。それはもちろん」

「桜花宮に入ったのは何名ですか」

「三十七名です」

「多いですね。全員、顔と名前は一致した？」

「はい。最初に確認いたしました」

「みなさん、ここに来るのはどういった方法を使われていましたか」

「ほとんどの者は、わたくしが手配した駕籠《かご》を使いました」

「全員、帰るのを確認しましたか？」

「はい、あの、でも……」

そこで、初めて山路が言いよどんだ。

「解散前に、全員の数を確認はしました。でも、駕籠を呼んでからは少し混乱があって……」

「混乱とは」

「一度に駕籠が来たので、一人一人を見送ることが出来なかったのです」

万が一、そこで誰かが消えたとしても分からなかったかもしれない、と消え入りそうな声で言う。

「分かりました。羽林の兵を手配いたしますので、昨日、桜花宮の掃除に来た女達と、山路殿の手配した駕籠を今すぐここに呼んで下さい」

招集した者を待つ間、雪哉は再び、金烏が刺されたと見られる中庭へと戻った。

「何か新たに分かったことはあるか」

遺体はすでに運び出されていたが、血の匂いは未だ濃い。

そこでは、千早が外界式の検分を試みていた。

まず、誰がどの位置にいたのか、どんな痕跡があったのかを全て絵として描き取らせる。

その上で、医《くすし》に遺体を見せ、気付いたことを全て聞き取っていた。

「明留の直接の死因は毒のようだ」

「毒？　失血ではなく？」

「ご丁寧に、鏃《やじり》に毒が塗られていたようだ。腕を斬られたのは生きている時だが、顎を砕かれたのは死後だと思われる。鹿島の死因が矢傷なのは間違いない。毒が作用する前に、ほぼ即死だったろうとの見立てだ」

「優秀な射手だな」

「もしくは、陛下を矢から庇《かば》おうとして、鹿島が自分から当たりにいったか」

――鹿島が倒れていたのが、ここだ。

そう言って千早が立ったのは、清らかに咲き乱れる紫陽花と紫陽花の間であった。

「射られてその場で倒れたと仮定するなら、射手がいたのはあちらのはずだ」

指を差した方向を見れば、立派な松の古木が茂っている。その向こうには身を隠せる程度の石楠花《しやくなげ》の木と庭石があるが、そこから射線はほぼ通らないように思われた。

「……絶妙な位置だな」

雪哉は思わず呟いた。

「周囲を警戒して、隠れている者がいないかを確認しても、あそこまで距離があれば見過ごすだろう。万が一、誰かが矢を放ったとしても、ここなら松が邪魔をしてこちらを守ってくれると思ってしまう」

「鹿島もそう判断したのだろうよ」

「射手は、もっとこちら側に陛下が立つのを期待していたんだろうな。松があると油断してちょっとでも動けば、すぐに射抜ける位置になるから」

言いながら、雪哉はわずかに移動した。松の枝が掛からない場所まで、たった数歩の距離だ。

金烏本人が気を付けていたのか、鹿島か明留が気を付けていたのかは定かでないが、射手が来て欲しかった場所に金烏は立たなかった。

「そうなると、陛下を射るには射手のほうが移動しないといけない。あそこを飛び出して、白砂を踏めば音が鳴る。鹿島は陛下を庇うようにそちらに体を向ける」

そして、金烏の代わりに鹿島が射られて絶命する。

「鹿島が陛下を庇って死んだとするならば、陛下が実際にいたのはここだ」

言いながら、雪哉は千早の背後の位置に戻った。そのすぐ近くには、明留がいたと考えられる。

千早が呟く。

「陛下は刺されていた。しかも、刺された場所は背中だ」

――凶器は懐剣で、女が護身用に使う類のものだった。

防御したとみられる形跡はなく、不意打ちだったのでは、と医は言っていた。

千早はゆっくりと歩き、雪哉のさらに後ろに立ち、その背に軽く手刀を当てた。

雪哉は顔だけで振り返り、千早と目を見合わせた。

「下手人は、少なくとも二人いたということか？」

千早に体ごと向き直り、雪哉は呟く。

「陛下は、用があってこの場所まで来たはずだ。この、紫陽花の陰にいた奴がその『用』を持ってきたのだとして、その『用』を済ませている最中に、矢を射こまれてしまった。咄嗟《とっさ》に射手のほうを陛下が向いたところを、用を持って来たほうに刺される」

射手はまだ野放しなのに、明留は、背後からの襲撃者にも対応しなければならなかった。

「陛下が鳥形になって逃げようとするのを、当然、二人の下手人は阻止しようとする」

明留が金烏を庇う。

刀を抜き、二人相手に斬り合いになり、矢を射こまれ、腕を落とされた。

ここまで血が振り撒かれているのは、それだけ激しくやりあったからだ。

「明留の顎《ご》が砕かれたのは」

千早は、独り言ちるようにぼんやりと言う。

「あいつが……」

吐き気をこらえるように一度口を噤《つぐ》んでから、乱暴に言い捨てた。

「あいつが、下手人に嚙みついたからだ」

そして、死んでも放さなかった。

だから下手人は、その顎を砕くしかなかったのだ。

彼は、命の炎の吹き消える最後の瞬間まで下手人を見据えていた。感情豊かな表情を作っていた美しい顔は今や見る影もない。

一切諦めることなく、主君を守るのだと息巻いて、彼は惨殺されてしまった。


その後、桜花宮に呼び寄せられた女達の面通しが行われたが、蔵人に文を渡した女は見つからなかった。同時に行方不明の者が数名いることも分かったのだった。

姿を消した女は三名。

お栄《えい》と名乗っていた、行儀見習いの商家の娘。

お栄の母親で、貴族に仕えていた過去があるという年かさの女、タネ。

そして、その二人を紹介した、山路とかねてより付き合いのある貴族の女、東片瀬《ひがしかたせ》の正室。

山路によれば、お栄は恥ずかしがりで大人しい印象であり、タネは年の割に矍鑠《かくしやく》として、いかにも躾《しつけ》に厳しい母親のように見えたという。

彼女らを運んだはずの駕籠舁《かごかき》は、いずれも姿を消していた。羽林を総動員した捜索の結果、彼らは全員死体となって発見された。

東片瀬家の正室は確かに実在していたものの、中央勤めの夫からは離れて長く東領に暮らしていた。山路がその人と思って付き合っていたのは、全くの別人であったのだ。

それを知らされた山路は、嘘でしょう、と素っ頓狂な悲鳴を上げた。

「彼女とは、中央で行われる天麟院《てんれんいん》の法要で、何度も会っていたのに」

もう十年以上も、と山路は愕然とした。

「季節の挨拶を交わし、何度も進物をやり取りしていたのに。本当に、別人だったのですか？」

招集を受けて東領からやって来た本物の東片瀬の女を確認し、山路は泣き崩れた。

「では、今までわたくしが東片瀬の御方と思っていたのは――一体、どこの誰だったのです？」

東片瀬の正室を名乗る、正体不明の女。

彼女の紹介で連れて来られたという、母娘を名乗る女達。

――三人の女の行方だけが、杳《よう》として知れなかった。

「おかしいと思わないか？」

明鏡院において、相互報告を終えた後のことである。

千早を捕まえて、雪哉は言った。

「ご丁寧に駕籠舁の死体は出て来たってのに、肝心の下手人がまだ見つからない」

紫雲の院が裏で手を引いているなら、間違いなく、下手人が見つかっている頃合いである。下手人が見つからなければ、いつまで経っても調査は続けられる。自分と繋がらない下手人役を用意し、その死体を早々に出すことこそが、これまで紫雲の院が得意としていた手口であったはずだ。

自分の身に危険が及ばないよう、迅速に、狡猾《こうかつ》に痕跡を断つ。

誰かにやらせて自分は知らん顔こそが、あの女の本分だった。

だが、事件からもうすぐ丸二日となるのに、それが出てこない。行方不明の三人の女が、異様な存在感を放っている。

「何か、紫雲の院の側で不測の事態があったのかもしれない」

どうして、今になっても全貌が見えないのか。

「不測の事態？」

問い返す千早に、雪哉は頷く。

「東片瀬の女。これまでだったら、長年の工作をほのめかすような真似、しなかっただろう」

金烏を殺したい一心で、何か、これまでにない過ちを犯した可能性はあった。

「外界の技術が使えればな……」

千早の言葉に、雪哉は唸った。

外界には、少量の血痕や指の痕だけで個人を特定する技がある。凶器はあるし、明留の健闘を思えば、下手人の血も現場に残されているだろう。

「血液を採取して、外界に持って行ってみるか？」

千早に言われ、首を横に振る。

「最悪、それも手だが、血に関しては難しいだろう。外界に持ち出す際、水分は劣化する傾向にあるらしい。まずは噛み痕を持つ者を探すべきだ」

噛み痕――明留が死ぬまで、噛みつき、放そうとしなかった下手人の証《あかし》。

「……蜥蜴の尻尾を使えないのは、それが原因か？」

自分で言いながら、ふと思いついた。

もし、尻尾役ではない者が噛まれてしまったのだとしたら、どうだ。切り捨てる予定だった者ではなく、その存在自体が、紫雲の院に辿り着いてしまうような者の腕に、明留の噛み痕が残っていたとしたら。

そこまで考えて、いや、と頭を振る。

「それならば、尻尾役に歯型を付ければいいだけの話だな。わざわざ、出てこない理由がない」

何か他に理由があるはずだと考えながらこめかみをさすっていると、唐突に千早が呟いた。

「噛み痕」

かみあとか、と。

何か言うかと思って待ったが、千早はそれ以上は続けずに、じっと虚空を見つめていたのだった。


桜花宮の周辺を捜索していた山内衆からその報告があったのは、金烏が殺されてから、三日目の朝のことであった。

「崖下に血痕が見つかりました」

「血痕？」

「桜花宮の敷地内です。ちょうど、陛下が飛び立たれた渡殿の真下と思われます」

急いで現場に駆け付けると、そこでは血の跡に触れないよう、遠巻きになった山内衆達が雪哉を待ち構えていた。

不自然に枝が折れているのを見つけた山内衆が付近を捜索したところ、草で隠すようにしてある大量の血痕が見つかったのだという。

あの夜は雨が降っていたにもかかわらず、血は流れ切っていなかった。

それほど大量の出血だったのだ。

「誰かが、人形《じんけい》のままあそこから落ちたのか？」

見上げた先、藤花殿につながる中庭を有する岩棚は、はるか上方にある。

金烏が刺されたのは日没時だ。

烏形になれなかったという可能性はなきにしもあらずだが、命の危機に瀕すれば、夜でも無理やり転身することは可能である。ただ、その場合は命を削ることになるし、予期せぬ転落の場合はそもそも着物を身に着けたままなので、あまり意味をなさない。

そういえば、こんな事件が過去にもあったな、と雪哉は思い出した。他でもない、金烏の后を選ぶ登殿の儀において。

ゆっくりと周囲を見回し、再び、視線を血だまりへと戻す。

血の量からして、ここで誰かが死んでいるのは、ほぼ確実である。

では、どうして死体が消えたのか？

当然、その死体を移動させた者がいるからだ。

野生の動物が持ち去った可能性がないわけではないが、熊や猪がわざわざ転落の痕跡を隠すはずがない。

事件当時、視界が良好だったとは言えないが、もとより警備の兵は中央山《ちゅうおうさん》を定期的に巡回している。金烏の死に気付いてからは、大勢の兵が警戒のために駆り出されていた。その目を掻い潜って、空から逃亡するのは難しい。

雪哉は、こちらの指示を息を殺して待つ山内衆達を見やった。

「羽林を動員して、山狩りを行う。この周囲を徹底的に捜させろ。死体を運んでいるのならば、何かしらの痕跡があるはずだ」

は、と勢いづいた返答が山間に響いた。

桜花宮の舞台にて、周囲を捜索する兵を見回しながら雪哉は考える。

――なぜ、金烏は軽率に桜花宮へ出て行ったのか。

その理由を、もっとよく考えるべきだった。

場所がそもそもおかしいのだ。金烏が人目を忍んでそんな場所に出て行かなければならない理由など何ひとつない。矢で狙われたことからして、その場所に誘《おび》き出されたと考えるべきだろう。

昔と違い、金烏は慎重になっていた。

それなのにまんまと連れ出されたというのは、危険だと分かっていても、思わず連れ出されてしまうだけの相手だった、ということだ。

危険を承知で会いに行ってしまうほど、信用している者。あるいは、信用ではなく――そんなことをするとは思ってもみないような相手。

思い当たる者が、いないわけではなかった。

日が大きく傾いた頃、呼子《よびこ》が高らかに響き渡った。

山のいたる所から転身した兵が飛び立ち、鳴り続ける笛の音に向かって飛んでいく。

「見つかったか」

音を聞きつけて舞台の欄干《らんかん》へと寄った雪哉のもとに、報告のための兵が駆け付けてきた。

「死体とおぼしき荷を埋めようとしていた不審者を発見。捜していた三名のうちの二名かと思われます」

その場で拘束をしたが、呼びかけには答えず、見つかってしまった後は、死体から離れようとしないという。

千早と共に現場に向かえば、そこは、山中から湧き出た水が滝となって流れ落ちていた。空気は冷たく清澄で、淵の色は青々としている。

捕まった女は、滝つぼから少し離れた木の根元に、泥だらけになって座り込んでいた。

その周囲は芋掘りでもしたかのように黒い土がむき出しとなっており、木の根が露出している。彼女の手は爪まで真っ黒で、腕には泥にまみれた大きな包みを抱えていた。

――ちょうど、人と同じくらいの大きさの包みを。

周囲を固める兵たちに短槍《たんそう》や刀の先を向けられているというのに、まるでそれが見えていないかのようにじっと俯《うつむ》いている。

雪哉は太刀を外し、鞘尻《さやじり》でその女の顔を上げさせた。

抵抗する気力もないようで、力なくこちらを向いた顔に雪哉は目を眇《すが》めた。

髪の長さは肩にかかるほど。記憶にあるものよりもずっと白髪が増え、その肌には深い皺が刻み込まれているが、間違いない。

かつて、若宮の使いとして桜花宮にやってきた雪哉に対し、厳しい眼差しを向けていた、藤《ふじ》宮連《みやれん》の女であった。

「随分とお久しぶりでございますなあ、滝本殿《たきもと》？」

己の名を呼ばれても、滝本は答えない。

「覚えていらっしゃいませんか？　陛下の登殿の儀の折にお世話になりました、近習の雪哉です」

雪哉はかがみこみ、むりやり滝本と視線を合わせようとした。

目を逸し続ける滝本は、ただの小さな老婆になっていた。十七年前はおっかない女だったのに、今は当時の覇気が嘘のようだ。

「藤波《ふじなみ》の宮は、お元気でいらっしゃいますか？」

かつて、この女は若宮の妹である藤波の宮に仕え、実質的に桜花宮を取り仕切る立場にあったのだ。

ちらとも笑わずに問いかければ、滝本はぎゅっと包みを抱きしめる腕に力をこめた。泥のついた指先には、血が滲《にじ》んでいる。

雪哉がさらに口を開きかけると、無言で傍らに立っていた千早が、不意に滝本の片腕を摑んだ。

「滝本殿」

その声は静かだが鬼気迫るものがあり、気圧《けお》されたように滝本は視線を上げる。

「――あいつの歯は、痛かったでしょう？」

はらりと袖がずり落ち、滝本の前腕が剝き出しになる。

そこには、はっきりと赤黒い嚙み痕が刻まれていた。

滝本は顔を歪《ゆが》めて呻《うめ》く。

その体からがっくりと力が抜けるのを見て取り、雪哉は彼女が頑《かたく》なに放そうとしなかった包みに手を伸ばしたのだった。

第四章　散華《さんげ》

滝本《たきもと》の生まれついての名は、タキといった。

南家筋の貴族の男と、下女との間に生まれた庶子《しょし》だ。

父母が亡くなり、行き場がなくて弱っていたところを藤宮連《ふじみやれん》として引き取られ、その名を滝本に改めさせられたのだった。

藤宮連はひたすらに皇后に仕え、その命によって、内親王や側室などの護衛に当たるお役目である。

同じ女房として立っていても、行儀見習いのために貴族の娘や裕福な商家の娘が宮仕えするのとはわけが違う。形式としては皇后が身寄りのない娘を憐れみ、その慈悲によって養育する代わりに、娘達は進んで武芸を身に着け、主家を守るのだという建前となっていた。

当時、日嗣《ひつぎ》の御子《みこ》の位にあった捺美彦《なつみひこ》、その登殿《とうでん》の儀に際し、滝本は時の皇后より桜花宮《おうかぐう》の護衛に任じられた。

登殿者は、東家から浮雲《うきぐも》、南家から夕蟬《ゆうぜみ》、西家から十六夜《いざよい》、北家から六《む》つの花《はな》が選ばれていた。

滝本は、もともと捺美彦の母に仕えていた。

捺美彦の母親は、皇后の推薦を受けて側室になった、元皇后付きの女房である。己の立場をよく弁《わきま》えて物静かな女であり、そんな母親に似て、息子もまた引っ込み思案で、詩歌を好み管弦を愛す、非常に繊細な少年であったのだ。

母親の身分が低く、末の皇子だった捺美彦は、もともと日嗣の御子になどなれる立場ではなかった。それが叶ったのは優秀な兄達に不幸があった結果であり、おそらくは日嗣の御子となった当人もその母も、そうなることを望んでいたわけではなかったのではないかと思う。

大それたことを口にしようなどとは思えなかったが、もし彼の相手としてふさわしいのは誰だと思うかと訊かれたら、滝本は「北家の姫か、西家の姫ではないか」と答えただろう。六つの花は慎み深く誠実で、一緒になればよく支えてくれそうだと思ったし、一見して派手な容姿の十六夜は、その実、愛情深く良い母親になりそうに思えたのだ。

しかし捺美彦は、美しくたおやかな東家の姫に一目惚れしてしまった。他の姫には、ろくに関心すら払わなかった。

浮雲は、確かに美しい姫であった。

みずみずしい見事な黒髪を持ち、大きな瞳は春の水面《みなも》のようによく輝いた。すぐ桃色に染まる頰といい、屈託のない笑顔といい、幼い少女のような、無垢《むく》な明るさを持っていたのだ。しかも、管弦の腕はずば抜けており、捺美彦ともよく話が合うようであった。

文藝春秋の新刊

8

2021

「客待ち」©大高郁子

●「博雅よ、無垢は、時に罪だ……」

陰陽師　水龍ノ巻

夢枕　獏

源博雅の笛・葉二の過去、蟬丸の若き日の恋。そして、人の魂を召喚する秘儀の正体とは。累計720万部「陰陽師」シリーズ第17巻

◆8月4日
四六判
並製カバー装
1650円
391409-1

●直木賞受賞第一作&待望の続編

結《ゆい》
妹背山婦女庭訓　波模様

大島真寿美

浄瑠璃に魅せられ、浄瑠璃のために生きた人々の喜怒哀楽と浮き沈み、せわしなくも愛しい人間模様をいきいきと描く群像時代小説

◆8月4日
四六判
上製カバー装
1870円
391410-7

●「ズームイン!!朝!」から路線バス旅まで自由な成功の秘訣

徳光流生き当たりばったり

徳光和夫

国民的名司会者の、八十歳にしてますます楽しくなる人生お気楽術！　長嶋茂雄、美空ひばりとの交流ほか、芸能界の生き字引が語る

◆8月4日
四六判
並製カバー装
1540円
391179-3

●平成育ちによるはじめての決定版平成史

平成史―昨日の世界のすべて

『知性は死なない』『中国化する日本』で知られる歴史学者による、

6日
バー装
0円
11-4

白石あづさ

イア・尾畠さん。彼の数奇な人生と名言を紹介する。写真も満載！

◆8月
四六判
並製カ
予価1
3914

●我々はどうやって機械と共存すればいいのか？

アルゴリズムの時代

機械が決定する世界をどう生きるか

ハンナ・フライ　森嶋マリ訳

買い物のお勧め、自動運転、がん診断、犯罪予測に作曲まで。人間生活に深く入り込んだ「アルゴリズム」の驚くべき実態を解き明かす

◆8月24日
四六判
並製カバー装
1870円
391422-0

●ノワールの鬼才が挑む戦後最大の怪事件「下山事件」

TOKYO《トーキョー・》 REDUX《リダックス》

下山迷宮

デイヴィッド・ピース　黒原敏行訳

一九四九年、国鉄総裁が轢断死体で発見された。謎を追うGHQ捜査官に戦後日本の闇が迫る。英国の鬼才が昭和の魔を描く戦慄の傑作

◆8月24日
四六判
上製カバー装
2750円
391423-7

●怖いのに泣ける!! 新怪談コミック

怪談和尚

原作　三木大雲　作画　森野達弥

「怪談」＋「仏教説法」の怪奇譚。三木和尚の「怪談説法」を妖怪漫画家が〝最恐〟コミカライズ。あなたの身にも起きるかもしれない

◆8月5日
A5判
並製カバー装
990円
090105-6

●壬生浪たちの威名轟く！

新選組血風録（二）

原作　司馬遼太郎　作画　森　秀樹

擾乱の京を舞台に、だんだら羽織をまとった最強剣客集団の軌跡を描く司馬遼太郎原作を、『墨攻』森秀樹が激烈コミカライズ。第二弾

◆8月25日
B6判
並製カバー装
990円
090106-3

直木賞＆高校生直木賞W受賞作！

渦
妹背山婦女庭訓 魂結び

大島真寿美

869円
791730-2

坂崎磐音の嫡子・空也の物語、ついに再始動！

声なき蟬 上・下
空也十番勝負（一）決定版

佐伯泰英

各814円
791731-9
791732-6

世界で絶賛の嵐。旋風を巻き起こす

夏物語

川上未映子

1067円
791733-3

時空を超えて、恐怖が繋がる——新ホラー

もっとも〝尊い〟刑事シリーズ第三弾！

プリンセス刑事《デカ》
弱き者たちの反逆と姫の決意

喜多喜久

825円
791738-8

南仏を舞台に描くミステリー＆ロマンス

花ホテル

平岩弓枝

891円
791739-5

戦前の傑作四篇と井上靖による評伝が読める！

刺青 痴人の愛 麒麟 春琴抄

谷崎潤一郎

737円
791740-1

堺雅人さん推薦！牧水の恋愛の全貌に迫った画期的な書

牧水の恋

858円
791741-8

滝本は、浮雲のことはあまり好きではなかった。ふわふわとして摑《つか》みどころがなく、何を考えているかよく分からないところがあったからだ。

十六夜もまた素晴らしい美女ぶりであったのだが、捺美彦のほうが少し気おくれしていた節がある。そして可哀想に、愛嬌のある顔立ちの六つの花は、全く眼中にないようであった。

しかし、捺美彦から最も明確に嫌われていたのは、夕蟬であった。

生まれながらの身分の確かさも教養も全く申し分のなかった彼女は、しかし、あまり女性らしい顔つきをしていなかった。南家の者らしく彫りが深い造作で、口元はいつも引き結ばれていた。その目つきは鋭く、挙措《きょそ》は典雅でさえあるのに、優美さよりも威厳を先に感じるほどである。

浮雲とは、真逆の姿形であると言えなくもない。

捺美彦は登殿前の顔合わせの席から、夕蟬のことをひたすらに避けていた。嫌っていたというよりも、恐れていた、というほうが正しいかもしれない。

そしてその警戒心は、正しかったと言わざるを得なかった。

当時の皇后は南家の出身であり、夕蟬とは、最初から手を組んでいたのだ。

ある時、捺美彦はいつものように浮雲のもとへ向かおうとした。滝本をはじめとする藤宮連に囲まれ、足取りも軽く渡殿《わたどの》を進む彼を、しかし突如として南家の女房が襲った。

――滝本、助けよ！

口を押さえられ、両腕を拘束された捺美彦が目で助けを求めてきたが、滝本は動かなかった。

最初にその命令を受けた時は皇后の正気を疑ったが——滝本は藤宮連なのだ。皇后の命令には逆らえなかった。

立ち尽くす滝本を見て、捺美彦は絶望した顔をしていた。

幼い頃から知る女房に、裏切られた、と思ったのだろう。

「ううう、うううう！」

泣き声のような呻《うめ》き声が、虚しく渡殿に響き渡る。

怯《おび》え切って暴れたが、ささやかな抵抗も虚しく、彼は夏殿へと引きずり込まれていったのだった。

その一件以来、捺美彦は招陽宮《しょうようぐう》に引きこもってしまうようになったが、夕蟬はたった一度の機会で、見事に懐妊してみせた。

だがもし、それが叶わなかったとしても、捺美彦は無理やり夏殿に連れて来られたのではないかと滝本は思う。

やんごとなき方が何を考えているかは分からないが、自分の言いなりになる日嗣の御子を作ったのも、その日嗣の御子に夕蟬を娶《めあ》わせたのも、全て、南家出身の皇后が糸を引いていたのは間違いない。最初から、捺美彦に選択の自由などなかったのだ。

結果として、夕蟬は桜《さくら》の君《きみ》の座におさまり、他の三姫はそれぞれの家へと帰された。

じきに生まれたのは元気な皇子であり、長束彦《なつかひこ》と名付けられた彼は、父親が即位したあかつきには、日嗣の御子の座につくものと思われた。

やがて、捺美彦は金烏代として即位し、夕蟬は皇后となり、滝本は初めて、皇后付きの藤宮連になったのだった。

「よくよく励むがよい。忠心には必ずや報いよう」

そう厳かに言い切った夕蟬は、相対する者の背筋を冷たくさせるような貫禄《かんろく》を既に身に着けていた。

だが、恭《うやうや》しく頭を下げながらも、滝本はこの若い主君に仕えるのだ、という殊勝な気持ちには到底なれそうになかった。

思えば滝本は、自分を拾ったことになっている皇后とも、ろくに顔を合わせたことがない。滝本が藤宮連になった時にはすでに古株の藤宮連が幅を利かせていて、誰に仕えるにしても、中途半端な時期であったのだ。

一番大きな忠誠を誓うべき時に誓えなかった感があり、内心は冷めたまま、忠誠心があるように振舞うことだけがうまくなっていった。

かと言って、どこぞの男との大恋愛に憧れる気持ちはなく、山烏《やまがらす》として畑を耕す古女房になりたいとも思えない。有事の際は体を張る必要があるが、それ以外は適当に贅沢な暮らしが出来る分、藤宮連としての暮らしにまあまあ満足してもいたのだった。

無力な側室から、その息子の日嗣の御子、そして新しい皇后と、結果としてうまく権力者を渡り歩くような形になってしまったが、滝本は意図してそうなったわけではない。流されるまま、忠誠心を誰にも持つことが出来ないまま、地位だけがどんどん高くなってしまったのだ。

しかし、いざ仕えてみて感じたのは、やはり、夕蟬もろくでもない主君であるということだった。

先代の皇后は何を考えているか分からなかったが、夕蟬の動機は笑えるほど明らかで、ひどく単純なものだった。

何せ、彼女が自分の弟に懸想《けそう》しているのは、一目瞭然であったのだ。

夕蟬は、血の繋がった弟の融《とおる》に対してだけは、ただの娘御のようになった。彼から手紙がくれば嬉しそうに微笑み、面会があれば露骨に機嫌がよくなり、何とか彼の機嫌を取ろうと必死になる。

滝本は誰とも恋をしなかったが、自分などよりもよほど忠誠心があるように見える藤宮連が、夕蟬によってどんどん馘首《かくしゅ》されていった。己の立場を自覚せず男にうつつを抜かす同朋も愚かではあったが、彼女らに情人が出来たという理由でそれを行う夕蟬にはもっと呆れてしまう。つまりは、嫉妬で配下を切り捨てるのだ。

結局、この女は自分のことしか考えていないのだと気付いて、心底馬鹿らしくなってしまった。そして、そのとばっちりを受ける仲間は哀れなことだ、とも思った。

だが、内輪のふるまいに反し、表向き、夕蟬は完璧な皇后だった。これからも盤石《ばんじゃく》の地位を築くであろうし、滝本からすれば、男を作らず口で適当なことを言ってさえいればそのおこぼれに与《あずか》れるので、ある意味気楽ではあったのだ。

——千丈の堤も蟻穴《ぎけつ》より崩るる、という。

初めて、先代の皇后から続く体制に罅《ひび》が入ったのは、思わぬところからだった。

夕蟬の言いなりになるばかりと思われた捺美彦が、勝手に子をもうけたのだ。しかも相手は西家の十六夜姫であり、彼が執心していた東家の浮雲ではなかった。

息子である長束彦《なつかひこ》が生まれて以降、夕蟬は、夫である捺美彦には一切注意を払っていなかった。

どうせ何も出来まいと高を括《くく》っていたのだが、捺美彦は登殿の時のことが忘れられず、隠れて浮雲とやりとりをしていたらしい。ところが、浮雲には他に男がいて、傷心の捺美彦が縋《すが》ったのが、西家の姫である十六夜だったというわけだ。

夕蟬は、かつて己がしたことを、まんまとやり返される羽目になったのだ。

しかも十六夜が生んだ第二皇子の奈月彦《なづきひこ》は、神祇官《じんぎかん》によって真の金烏《きんう》であるとされた。

夕蟬は予想外の事態に、大いに焦った。

その後、なりふり構わず奈月彦を廃そうとし、その支持者を排除しようと躍起になったのだった。

夕蟬は、阻《はば》むものは殺せばいい、と単純に考えている節があった。政敵には毒を盛り、気に入らぬ者は罠に嵌《は》め、反抗する部下は自刃させる。

証拠を残さないものの、何をやっているかは薄々分かっていたのだろう。彼女が溺愛する弟や、上皇の手元で育てられた実の息子にすら、夕蟬は嫌われていた。

これが皇后というものかとうんざりしながら、滝本は淡々とその命令に従い続けた。

そんな滝本の不遜《ふそん》な心持ちを、彼女は敏感に感じ取っていたのだろうか。

ある時、またもや違う相手に仕えるようにと、下命があった。

相手は、母親を亡くしたばかりの雛《ひな》。

政争の中で亡くなった十六夜の忘れ形見であり、真の金烏である奈月彦の実妹、藤波《ふじなみ》の宮であった。

＊　＊　＊

もともと、藤波につく「羽母《うば》」の候補には数名の名前が挙がっていた。

東家当主の側室となっていた浮雲と、北家の分家に嫁いでいた六つの花、そして南家当主の妻、夕虹《ゆうにじ》である。

それを聞いた時、滝本は頭が痛くなった。

浮雲など、言うに及ばず反対だ。その来歴を考えれば、教育係の候補として名前が挙がったこと自体があり得ない。なるとしたら夕虹か六つの花だと思っていたが、六つの花は子を産んで以降体調を崩しているということで、候補からは真っ先に外されてしまった。

では夕虹か、と思っていた矢先、今度は十六夜が頓死した。

——実にあっけない死であった。

表向き、死因は産後の肥立ちが悪かったためとされたが、実際は毒を盛られたのだ。そして、その犯人は夕虹であるとされた。

直接何があったかを聞いたわけではないが、このあたりは、夕蟬も一枚嚙んでいるのではないかと滝本は考えている。

南家の者を取り立てるという意味で、夕虹を羽母に据えて悪いことはないはずだ。だが、夕蟬は、十六夜にも夕虹にも良い感情を抱いていなかった。嫉妬によって優秀な配下を殺している姿を知っている分、ただ単に気に入らないという理由で、夕虹を追い落とすくらいのことはするだろうと思った。

どこまでが誰の思惑なのかはよく分からないし知りたくもないが、とにかく、十六夜は幼い藤波を残して亡くなり、夕虹は失脚し、浮雲が藤波の羽母の座におさまったのだった。

内親王につく教育係としての「羽母」は、文字通りの名誉職である。

実際に赤ん坊の面倒を見るのはもっと身分の低い女房達であり、この小さな内親王の実質的な教育係として、滝本は指名されてしまったのだった。

当時、慣例を無視し、西家が藤波を引き取ると言いだしていた。皇后はこれ以上の面倒ごとを嫌い、自分の目の届く範囲で、藤波を飼い殺すつもりだったのだ。

引き合わされた雛は、まだ転身《てんしん》すら出来なかった。

清潔な布の中の体は薄墨色で、まだ羽もまばら、口の中だけが鮮やかに赤い。

貴人は鳥形《ちようけい》になりたがらず、その姿を人目にさらすことを極端に嫌がるものだ。流石《さすが》に、満足に転身も出来ない雛の主など初めてであり、滝本は途方に暮れた。

滝本はかつて、幼い捺美彦の養育に関わったという経歴になっている。だが実際、捺美彦には実母と、経験豊富な他の女房達がついていた。当時下っ端だった自分は、彼女らに言われた通りにしていただけなのだ。

あたふたする滝本を見かねて指示を出し始めたのは、年老いた下女であった。

身分は低かったが、既に何人もの子どもを育て、南家筋の貴族の家で羽母を務めた経験もあるという。滝本の配下となった若い藤宮連にも子育ての経験がある者はなく、下女に命じられるまま、あたふたと食事をさせ、排泄物の処理をすることになったのだ。

小さな雛は、朝昼関係なく、よく鳴き、よく食べたが、あまり眠らなかった。

ようやく寝付いた雛を前にして、滝本はぐったりと床に突っ伏した。

「こんなに鳴くのが、普通なのか……」

「普通ではありませんね」

下女はあっさりと言ってのけ、藤波は戦慄《せんりつ》した。

「まさか、どこかお加減が悪いのか？」

自分の管理下にあって体調に問題が生じては堪《たま》らないと思ったが、「そうじゃない」と下女は言う。

「本来だったらこの時期は、お母さんなり羽母なり、あったかい羽の下で安心感を覚えて育てられるもんですから」

だが、藤波の母は既になく、宮中で鳥形になって内親王をあたためる、などという行為は不敬に当たたって許されない。

「宮さまは、お寂しいのでしょう」

「はあ……」

青々とした瞼を閉じて眠る雛は本能のまま生きている感が強く、そんな情緒を備えているようには到底思えなかった。

一応、体温を下げないための温石《おんじゃく》は欠かさずに置いている。とにかく、このまま、何事もなく無事に育ってくれと、心の底から願うばかりだ。

曖昧《あいまい》な表情の滝本に、下女は小さく首を振る。

「わたくしなんて、ただの下女でございますから、ずっとこのままというわけには参りません。母親代わりになって育てる方がいたほうが絶対にようございますよ」

「羽母のことを言っているのなら、東家の浮雲の君に決まっているが」

「いいえ。教育係としての羽母のお話ではございません」

下女は、困ったように滝本を見る。

「長くこの方の傍にあって、無条件に安心を覚えられるような、信頼できるお味方が必要だと申し上げているんです」

遠まわしな言い方だったが、まっすぐな眼差しを受けて滝本は狼狽《ろうばい》した。

「私には無理だ」

微妙な立場の内親王だ。この先、どういう立場に置かれるかも、滝本がいつまで仕えることになるかも分からない。火の粉が自らに降りかかるのはごめんだった。

「しかし、宮さまの母親代わりになれるのは滝本さまだけです」

「無理だ。私は子を産んだことがないのだから」

「滝本さま、それは問題ではありませんよ」

自分の生まれた村では、雛が生まれると村全体で育てるようになっていたのだと彼女は言う。

「血の繋がりは関係なく、ちょっとでも雛より年上の女はみんな『母親代わり』で、男はみんな『父親代わり』なのです。子を産んだから親になるのではありません。子を育てることで、親になるんですよ」

恐れ多くも、どんな宮烏《みやがらす》も里烏《さとがらす》も、そこは同じと思っております、と下女は悪びれることなく言い放つ。

「藤波さまの母親となれるのは滝本さまだけです。どうか、そのつもりで接して差し上げて下さいませ」

滝本は大いに弱ってしまった。

内親王の母親になる覚悟など、出来るはずがないのだ。

この雛の身分の高さだけは本物で、心をぶつけられるほどの親しみを持つには恐ろしさがある。藤波を単なる雛と見たのはその下女だけで、他の藤宮連や女房は、誰もがおっかなびっくり、藤波に接しているところがあった。

それでも、四六時中接していた雛が人形《じんけい》を取れるようになった時には、皆で快哉《かいさい》を叫んだ。這いずり回り、立ち上がり、言葉を話すようになっても、それは変わらなかった。

自分に子どもがいたらこんな感じだろうかと、少しも思わなかったと言えば嘘になる。だが、成長を嬉しい、と思う気持ちよりも「これで咎《とが》められることはない」という安堵のほうが明らかに勝っていた。

滝本のよそよそしさを感じていたのか、藤波も下女にばかり甘え、滝本に懐《なつ》く様子を全く見せなかった。

その関係にささやかな変化が生じたのは、藤波が歩けるようになった頃、大紫《おおむらさき》の御前《おまえ》に挨拶に向かった時のことであった。

「大紫の御前に、ご挨拶を申し上げます。藤波の宮でございます」

こんな幼子にろくな挨拶が出来るはずもなく、滝本がぴったりと横に控えて、藤波に代わって声を出した。

藤波は、いつもと様子が違うことを察し、緊張したように動かなかった。

「健勝《けんしょう》そうで何よりだ」

何か不足はないか、と訊ねられ、その心に感謝を示しつつ、何もありませんと通り一遍の応答をする。

退出するまでの時間はそう長いものではなかった。

しかし、藤波からすると大いに疲れる事件だったのだろう。

謁見《えっけん》の間を出た瞬間、滝本の足にぎゅっと抱きついてきたのだった。

「ねえたき、もう、かえろ？」

泣きそうな声を耳にした瞬間、初めて滝本は、藤波を「可愛い」と思った。

下女の言ったような『母親』になるのは無理だ。

でも、彼女が立派に育つよう、出来るだけのことはしてやりたい、と思ったのだった。

内親王として、藤波が学ぶべき課題は山のようにある。

臣下へのふるまい方、日々の生活における一挙手一投足、最低限の学問に至るまでを教えられるのは、滝本しかいなかった。

藤波にとって、きっと、滝本との時間は苦痛だったのだろう。

全ては彼女のためを思っての行いだったが、藤波は徐々に滝本を嫌がり、「そんなのしたくない」「たきもとはいや」などと、我《わ》が儘《まま》を言い、わざと墨をひっくり返したり、筆を投げ付けたりするなどの悪さをするようになった。

しかし滝本は、藤波が悪さをしたとしても、それを「お止め下さい」と懇願するだけで、「止めなさい！」と叱ってやることは、とうとう出来なかったのだった。

——正直、うまくやれなかったという思いがある。

滝本は、藤波との関係の構築に成功しているとは、とても言えなかった。

その代わりのように、藤波はたまに会う「羽母」の浮雲に対し、異様なまでに懐くようになってしまったのだった。

姫宮が人形を取り、「成人《せいじん》」を迎えた頃から、浮雲は教育係として度々藤波と面会した。

浮雲は、何かを教えるようなことはせず、ただひたすらに藤波を甘やかした。

どんな我が儘を言われても、微笑《ほほえ》んでそれを許容する。

甘い菓子を食べさせ、藤波のしたがる遊びをさせ、普段滝本によって禁止されていることも何一つ咎めたりはしない。

また、藤波がある程度大きくなると、浮雲は度々、藤波を自邸へと連れて帰るようになった。

「そんな！　前例がありません。何かあったらどうなさるのです」

滝本は止めたが、浮雲は微笑んでこう言うのだ。

「藤宮連の皆さまがいれば、大丈夫よ。それに、宮中にいてはのびのび出来ないのですもの」

自身の乗って来た飛車《とびぐるま》に藤波を乗せると、そのまま連れて帰り、自身の娘と遊ばせたのである。

浮雲の娘は、母親によく似た可愛らしい少女であった。

そこには体が弱いとされる彼女のために集めた、庶民の娘が好むような素朴な玩具が山と積まれていた。どれも高価な品ではなかったが、それが却《かえ》って、藤波には新鮮に感じられたのだろう。藤波の身分が分かっているのかいないのか、浮雲の娘も、藤波を「妹みたい」と言って歓迎し、時間の許す限り遊び尽くしたのだった。

一緒に庭先の花を摘み、木の枝に色紙の着物を着せ、竹の椀でままごとをし、浮雲に教わりながら合奏をする。

——普段、息苦しい生活を強いられていた藤波からすれば、それこそ夢のような時間だったのだろう。

宮中に戻るや、「また行きたい」「次に会えるのはいつなの」と、何度も滝本にねだるようになった。

「いけません。本来であれば、そう軽々しく領を越えるなどあってはならぬことなのです。とんでもない掟《おきて》破りなのだとご理解下さい」

滝本は、浮雲に腹を立てていた。

本人は自由気ままで良いかもしれないが、護衛をするのは藤宮連であり、万が一藤波の身に何かあった時、責任を追及されるのは滝本なのだ。野に出て毒虫に刺されるのではと気が気でなかったし、作りの雑な玩具で棘を指に刺しやしないかもずっと気になっていた。

何より、あの淫奔《いんぽん》な女の悪影響がないかが、心配だった。

「東領のおうちでなさったこと、『羽母』から教わったことは、本当はいけないことなのですよ」

慇懃《いんぎん》に、しかし厳しくそう言えば、藤波は不意に顔を歪《ゆが》め、滝本を睨んだ。

「滝本は、わたくしがきらいなのね」

衝撃のあまり、すぐには声が出なかった。

「何をおっしゃるのです。決してそんなことはございません」

「うそ。だって、わたくしにいじわるばかりする！」

――わたくしだって、滝本なんてきらいよ。

底意地の悪い顔で言い捨てられた瞬間、滝本はカッと頬が熱くなった。

久しく感じていない、怒りの感情だった。

私がこれまで、どんな思いであんたを育てて来たか！

藤波のためを思って重ねて来たことが、その瞬間、全て塵《ごみ》になってしまったような気分になった。何より、心から藤波を心配する滝本よりも、甘い言葉しか吐かない浮雲をこの娘が信用していることに、裏切られた、という気持ちが奔《はし》った。

藤波が本当の子だったら手を上げていたかもしれないが、藤波はあくまで滝本の仕えるべき相手であり、娘などではなかった。

感情を一切見せず、「失礼しました」と頭を下げた途端、藤波を立派に育てなければ、と気負っていた熱情が失せていくのを感じた。

どうしようもなく、藤波との間に心理的な距離が生まれた瞬間だった。

その時、藤波がどんな顔で滝本を見ていたのかは記憶にない。

幼い子どものすることだからと、寛容になれない自分が情けなかった反面、藤波も、嫌いな女房と距離が出来て良かっただろうと大人げなく思っていたことだけは覚えている。

後から思えば、あれは藤波なりの甘えで、どこまで許されるのかを測っているところがあったのだろう。それに気付いてやれない自分が最も近しい女であったことが、彼女の最大の不幸であった。

関係を改善したいと思っても、衝突などなかった体《てい》に滝本がしたのだから、それが修復されることもまた、ないのだった。

お互い、それ以上踏み込むことが出来ないまま、内親王と、命じられて彼女に仕えるただの女房として、ぎこちなく時間は経過していった。

いつしか内親王藤波は高飛車《たかびしゃ》で、我が儘で、神経質な娘に成長していったのだった。

＊　＊　＊

思えば、藤波は可哀想な娘だ。

身近なものは皆臣下で、甘えられる浮雲とは少ししか会えない。挙句、自分の目指すべき姿として手本とされていたのは、あの夕蟬――大紫の御前なのだ。

怖いひとだと感じていたのか、藤波は大紫の御前に対しては、一切、我が儘を言わなかった。

大紫の御前自身も、さしたる脅威にもならない内親王を率先して害そうとすることはなく、二人の女宮は、奇妙に乾いた関係を築いていた。

皮肉なことに、大紫の御前自身は夫を全く愛していなかったから、奈月彦を産んだ十六夜を疎《うと》ましくは思えど、厄介な嫉妬は全く抱いていなかった。よって、その子である藤波にも、さして思うところはなかったらしい。

そんな関係は、思わぬ契機で変化を迎えることとなった。

藤波が、八歳になった頃だ。

遊学中の若宮《わかみや》が、しばしば藤波に会いに来ている、という報告があったのだ。

いつも不機嫌な仏頂面《ぶっちょうづら》をしている藤波が、時々、異様に機嫌が良くなるのを、滝本は気付いていた。何があったのかまでは知らなかったが、藤波の部屋に隠れて出入りする不審な影を、滝本の下で働いていた藤宮連の一人が目にしたのだった。

「男が通って来ているとは、それは確かなのか」

はい、と頷いたその藤宮連は、しかし緊張した様子で言葉を続けた。

「でも、滝本さま。藤波の宮さまは、その男をお兄さま、と呼んでいたのです」

「お兄さま――――?」

一瞬、長束のことかと思ったが、彼女は首を横に振った。

「長束さまではありません。わたくしが見る限り、その、あれは若宮殿下に見えました」

「そんな馬鹿な！」

滝本は声を荒げた。

若宮は外界に遊学中のはずであり、帰還しているなどという報せは一切入って来ていない。

外界との出入りが許される朱雀門《すざくもん》は、大紫の御前と通じる南家が徹底して抑えているはずである。

「それは本当に、若宮だったのか？」

「顔を見たのです。わたくしには、若宮のように見えました」

お忍びで戻って来ているようです、と真剣に言われ、これは大紫の御前に報告を上げなければと思った。

もし、藤波のもとを訪ねているのが本当に若宮であるならば、南家の管理体制が甘いか、裏切り者がいるということになる。

南家偏重の大紫の御前からすれば、一刻も早く対応策を練らねばならない案件のはずだ。彼女は激怒するだろうが、ここで報告を怠ったと、後で知られるよりはずっといい。

そこまで考えて、滝本はふと、もう一つの可能性があることに気付いた。

――真の金烏は、門を使わずに山内《やまうち》に入れるという。

大紫の御前は、若宮が真の金烏など、あり得ないと断言した。自分を気に入らない上皇と、神祇官の白烏《はくう》が共謀し、日嗣の御子の座を長束から奪ったのだ、と。

だが、もし奈月彦が本物の金烏であり、それが単なる方便でないならば――？

少なくとも、大紫の御前の描く未来図は、そう簡単に実現しないのではと、ふと予感した。

＊　　＊　　＊

報せを受けた大紫の御前は、静かに激高した。

即座に南家に使いを飛ばし、朱雀門の警備が徹底していたのか、また、本当に若宮が山内に戻ってきているのかを調べるようにと命令した。

そして、藤波に直接、その真偽を確かめることにしたのだった。

急に後宮に呼び出された藤波は、理由が分からず困惑していた。大紫の御前は藤波に厳しく問い質すつもりであり、事前に心構えをしておけなど、言えるわけがなかったのだ。

滝本自身、藤波の近くに控えながら、どうか大紫の御前の余計な怒りを買わずに済みますようにと、祈るような心地でいた。

「藤波や」

「はい」

「兄がそなたに会いに来ているというのは本当かえ？」

「あ……」

大紫の御前の口調は冷やかで、一切のごまかしを許さなかった。

恐ろしい大紫の御前に詰問され、きっと怯える。口ごもるだろうと思っていた。

藤波は、確かに口ごもった。

しかしその表情は、滝本の想像とはかけ離れていた。

「あの、あの、わたくし……」

どもる藤波の頰は紅潮している。

その表情は、どう見ても失態を問い詰められた時のものではなかった。たとえるならば、密かに憧れる相手を盗み見て、それを見咎められた時のような――少女らしい、恥じらいも露わな表情だ。

「わ、わかりません」

消え入りそうな声で答えた藤波は、あまりに切ない顔をしていた。

全身が小刻みに震え、目には涙が溜まっている。

そしてやっぱり、その頬は赤いのだった。

どんな言葉より、表情が雄弁だった。

大紫の御前も同じように思ったのか、口を噤《つぐ》んだまま、藤波をまじまじと見つめている。

兄の訪問を、藤波は確かに喜んでいた。

藤波が知っている男は兄と父だけだ。

――藤波にとって、美しく、優しい、唯一の『男』が、奈月彦なのだ。

それに思い至った瞬間、滝本は、全身から血の気が引く思いがした。

あってはならないことだと倫理観が拒絶を示すよりも先に、大紫の御前の逆鱗《げきりん》に触れたのではないかと危惧したのだ。

だが、滝本の恐れていた事態にはならなかった。

「そうか……」

分からぬか、と言う大紫の御前の声は、気が抜けたように力がなかった。

真っ赤になって震える藤波を見つめ、やがて、大きなため息をついた。

「……もう良い。下がりゃ」

はい、と小さくなりながら、藤波はよろよろと退出する。

それに続こうとした滝本を、大紫の御前は呼び止めた。

「滝本」

「は」

即座に答え、足早に近付く。

遠ざかる藤波を見つめていた大紫の御前は、その後ろ姿がすっかり見えなくなった頃、小さな声で呟いた。

「あの子を頼む」

出来るだけ優しくしてやっておくれ、と。

その言葉を、滝本は信じられない気持ちで聞いた。

そんなことを大紫の御前に言われたのは初めてだった。それどころか、こんな穏やかな声を聴いたのも、こんな柔らかな目をしているのを見るのも、初めてのことだ。

実の息子にすら、そんな目を向けたことはないというのに。

――この方も八咫烏《にんげん》だったのだな。

不敬極まりないことを思い、同時に、妙な感動に震えた。

「はい。はい、確かに」

初めて滝本は、大紫の御前の命令に、心から返事をすることが出来たのだった。

それ以来、大紫の御前自身も、藤波をよく気に掛けるようになった。

同病相憐れむとでもいうものかもしれなかったが、それでも、大紫の御前が藤波を気にしてくれることが、滝本は純粋に嬉しかった。

しかし、大紫の御前との関係が良くなるのとは反対に、藤波は不安定になっていった。

奈月彦の正室を選ぶ登殿の儀が迫りつつあったからである。

「藤波さま、仕方のないことです」

「分かっているわ、そんなこと！」

でも嫌なの、と藤波は泣き喚《わめ》いた。

「登殿者は、わたくしに寄ってくる者と同じだ。みんなみんな、お兄さまの優しいところなんて見ていない。日嗣の御子という、お立場しか見ていないのだ」

登殿の候補に挙がっている西家の真赭《ますほ》の薄《すすき》が、若宮を慕っているという話を聞き、藤波は大いに荒れた。

「たわけたこと。ろくにお兄さまと会ったこともないくせに――みんな、みんな嫌いよ！」

酷い者、心のない者ばかり、と少ない語彙《ごい》で一生懸命罵倒《ばとう》している。彼女に与えられた精いっぱいの悪口がそれだと思えば、何とも憐れだった。

「ああ、せめて、東家のおねえさまが来て下さったら良かったのに」

泣きながら言う藤波に、滝本は眉根を寄せた。

東家のおねえさまというのは、浮雲の娘、かつて共に遊んだ東家の二の姫のことである。

藤波との間に亀裂《きれつ》を生じたあの一件は、未だに滝本の心のしこりとなっていた。

「東家からは、一の姫、双葉《ふたば》さまがいらっしゃる予定です」

そっけなく言った滝本を、藤波はキッと睨みつける。

「わたくしがかつて会った者の中で、内親王というわたくしの立場ではなく、わたくし自身を見て下さったのは、浮雲さまと、おねえさましかいなかった」

藤波は激しく言い募る。

「わたくしと同じで、お兄さまは敵ばかりなのよ。せめて、真心のある方に入内《じゆだい》して頂きたい」

あの方なら間違いはないもの、と、そう言う藤波は、浮雲の本性を全く理解していない。

藤波にとって、浮雲とその娘は、数少ない楽しい思い出を共有した相手である。そのせいで、異様に美化されてしまった感があった。

あの浮雲は、結局荒淫《こういん》が祟《たた》って、数年前に自分が弄《もてあそ》んだ男に殺されている。曲りなりにも登殿し、内親王の教育係を務めた者として、絶対にあってはならない醜聞である。

それを、滝本は意外には思わなかった。

もとより考えなしの上、異様に男好きのする女だったのだ。末路を聞いてさもありなんと思ったものだ。

東家当主との間の娘だという二の姫も、どこまで真心があるかなど分かったものではない。

――とはいえ、そんなことを言えばますます藤波が荒れるのは目に見えている。

ただでさえ、山内の貴族社会では、正室と側室の間には、埋めがたい身分の差がある。藤波の慕う二の姫が登殿してくることはまずない。

登殿がいざ始まれば心を乱すだろうが、正室が決まれば、少しは諦めがつくだろう。

だが、その考えが甘かったと悟るまで、そう時間はかからなかった。

＊　＊　＊

「東家が当主、二の娘ですわ。あなた達は宗家《そうけ》の方ね？」

そう言って、屈託なく微笑む娘は美しく、強い既視感に襲われた。

母親とそっくりな顔で、しかし、全く異質な、色素の薄い、光を透かすような髪をなびかせて笑う彼女。

藤波の慕う姫、浮雲の娘が、桜花宮にやって来た。

もともと登殿予定だった姉は、急な病で登殿を辞退したという。急遽《きゅうきょ》代理を務める彼女の態度に陰りは一切なく、その微笑みは春の木漏《こも》れ日のように、見る者の心を遍《あまね》く明るくさせる力を持っているようだった。

「……藤波さまに言い付かってお出迎えに上がりました、滝本でございます。桜花宮に、ようこそいらっしゃいました」

なんとか表情を取り繕《つくろ》うも、うすら寒い予感に背筋が震える。

思い出されるのは、美しい黒髪をたなびかせて登殿してきた、彼女の母親の姿だ。浮雲を一目見て、捺美彦は心を奪われてしまった。

どう考えても、この登殿は穏やかに終わりそうになく、大紫の御前は二の姫を見て、薄く笑いながら彼女に「あせび」の名を与えたのだった。

馬酔木――馬のような下賤《げせん》な者を、酔わせる花。

名づけに皮肉が込められているのは明らかだ。

大紫の御前が、滝本と同様の予感を覚えているのは間違いないように思われたが、案の定、藤波は、あせびに夢中になってしまった。

「こうなったのは運命よ。お兄さまのお相手がいるとしたら、それはおねえさましかいないもの。他の女は駄目よ。自分の家のことしか考えていないから」

登殿の挨拶が行われた夜、藤波があまりにはしゃいで熱弁するので、滝本は頭が痛かった。

「藤波の宮さまともあろうお方が、そんなことをおっしゃってはなりません！　宗家の内親王としての責務を果たされませ」

厳しく諫《いさ》めようとする滝本に、藤波は急に熱を失った。

「……滝本は、いつも心にもないことを言う。大紫の御前に叱られたくないばかりで、わたくしのことなんて、ちっとも考えてくれない」

「藤波さま」

「宗家におもねる連中は、お前のような者ばかりだ」

自分に傷つく資格はないと分かっていながら、その言葉は鋭く滝本の胸を突いた。

「だから、真心のあるおねえさまに、入内して頂かねばならないのだ……」

無言になってしまった滝本に構わず、藤波はぶつぶつと呟き続ける。

もう、滝本の声は届かなくなってしまったのだと思いかけ、そうではない、と嘆息する。

自分達の間で、まともな会話が成立したことなど、これまで一度だってなかったのだ。

＊　＊　＊

最低の登殿が終わった。

結果から言って、浮雲の娘、あせびと仮名《かりな》を与えられた姫は、藤波を利用し尽くした。

最初から、藤波の夢見た真心など、どこにも存在していなかったのだ。

利用されたのは一目瞭然だったのに、本人だけがそれを認めようとしなかった。

「どうして、どうして……」

頭を抱え、血を吐くような声で呟き続ける。

藤波は、若い女房を一人、その手で死なせてしまった。

不幸な事故だった。あせびに不利益をもたらすと思われた女房を桜花宮から追い出そうとして、着物を着た状態のまま、高所から突き飛ばしてしまったのだ。

結果、女房は谷底で、無残な姿で見つかった。

藤波に女房を殺すつもりは全くなく、彼女の罪は、あせびを入内させたいがあまり、内親王らしからぬ行いをしたという、ただそれだけのことであった。藤波は、転身に羽衣《うえ》が必要であることすら知らなかったのだ。その行為は、突きつめて考えれば自分の大好きな――愛する兄の身を思えばこそであり、そこに、一切の打算はなかった。藤波自身のためではない。全て、奈月彦のためだったのだ。

だが、兄は妹の真摯《しんし》な想いを、全く意に介そうとはしなかったのである。

それどころか、奈月彦は藤波の思いを切り捨てた。彼女の行いを糾弾《きゆうだん》するばかりで、ささやかな思いやりひとつ、妹にかけてくれようとはしなかった。

可哀想な藤波は、完全におかしくなってしまった。

大紫の御前はそんな藤波を憐れみ、静かな尼寺へとその身を預けることに決定したのだった。

＊　＊　＊

「静かな、気持ちの良いところですねえ」

飛車から下りた藤波に優しく声をかけても、彼女は黙したままである。

滝本は、藤波に同行した。

預けられた尼寺は規模こそ小さかったが、周囲は緑に囲まれ、庭はよく手入れがされていた。伽藍《がらん》は古いものの掃除は隅々にまで行き届いており、一目見て滝本は好感を覚えた。大きくて豪奢ではあるが息の詰まりそうな宮中よりも、藤波にはずっとこちらのほうが合っていると思ったのだ。

山神《やまがみ》に仕える尼は十名ほどいたが、そのまとめ役は随分と高齢な尼で、藤波がやって来るのに合わせ、実質的な管理者は滝本になった。

出世の道から初めて外れた形になったが、宮中から離れられることにほっとする部分もあった。

滝本自身、今回の騒動で八咫烏《にんげん》を殺す羽目になり、血なまぐさいあれこれにいい加減嫌気がさしていたのだった。

これから自分は、藤波の宮のことだけを考えていけばいい。良心に悖《もと》ることをせずとも済む。忠誠心とは違うかもしれないが、今まで仕えてきた相手とは違う思い入れが藤波に対してあるのは間違いない。

自分がそれを言うのは無責任かもしれないが、藤波にはどうかこれ以上不幸になることなく、心穏やかに過ごしてほしいと思っていた。

大紫の御前も、少なからず滝本と同じように感じているようであった。

お忍びではあるが、度々藤波に会おうとしてくれた。藤波を癒すべく、珍しいものや美しいものを特注し、わざわざ届けてくることもあった。

大紫の御前が藤波を気にかけてくれているという事実がどれだけ滝本の救いになっていたか、きっと本人は考えたこともなかっただろう。

少なくとも、滝本は大紫の御前に対し、こと藤波に関してだけは、ささやかな連帯感のようなものを感じていたのだった。

滝本の献身と、大紫の御前の気遣いを受けても、藤波はぼうっとしたり、急に泣きだして暴れたりと、あまり状態は改善しなかった。鬱々としてふさぎ込み、食事もろくに取らず、寝ている時間が異常に長かったりした。

そんな藤波の様子を知った大紫の御前は、滝本ひとりでは手に余ると思ったのか、ある時、新たに藤宮連を寄越した。

「早蕨《さわらび》でございます。医術の心得が少しばかりありますので、きっとお力になりますわ」

そう言って微笑んだのは、三十代と思われる、見るからに穏やかそうな女であった。

特別美人というわけではないが、色白で、しっとりとした肌をした上品な女だ。笑うと頬が持ち上がり綺麗な笑窪《えくぼ》が出来て、なんとも福々しい印象となる。

早蕨の雰囲気は、どこか藤波の慕ったあせびや浮雲に似ていた。

それがどう転がるか分からずに危ぶんだが、実際に会わせてみると、藤波の早蕨に対する当たりは、滝本に対するものよりもずっと柔らかかった。

そのうち、藤波は早蕨に対し、ぽつぽつと話をするようになったのである。

これまで己がやって来たことは何だったのかと力が抜ける思いがしたが、早蕨は滝本の行いには意味があると慰めた。

「藤波さまは、滝本殿にこそ甘えていらっしゃるのですよ」

わたくしが出来るのはお手伝いだけです、と早蕨は謙虚に言う。

「でも、ずっと滝本さまが藤波さまを気にかけていらっしゃる分、お二人ともお疲れになってしまった部分はあるのかもしれませんね。何事もやり過ぎはよくありません。我々全員で、少しずつ重荷を分かちあって参りましょう」

――あまりに気にかけ過ぎた。

それは、確かにあるかもしれない。

いつの間にか、滝本自身も酷く疲れていたことに気付き、目が開かされる心地がした。

以降、滝本は藤波にべったり付き添うことを止めた。適度に距離を置き、代わって早蕨が藤波の話し相手をつとめるようになったのだった。

だが、そんな早蕨よりも、はるかに藤波の心を回復させる存在が現れた。

それは、庭園の整備に通うようになった、庭師の下男であった。

「とても可愛らしいお姫さまがいらっしゃるようですね。良かったらこれ、お部屋に飾って下さい」

そう言って黄色い花を咲かせる三椏《みつまた》の枝を差し出したのは、藤波より少し年長と思われる、快活な山烏の青年だった。

藤波は部屋にこもっているばかりと思っていたが、どこかで庭の手入れを見ていたらしい。

本来の身分なら、山烏と気安く言葉を交わすなどあり得ぬ話だ。以前なら、無礼者、と一声叫んで打擲《ちょうちゃく》していたかもしれないが、ここではそんなことをする気にはなれないし、そうする必要もなかった。

「藤波さま。お土産ですよ」

そう言って花器に生けた三椏を飾れば、藤波はぱちぱちと目を瞬き、そうっとその花の先に触れたのだった。

――深窓の姫と、身分の低い庭師の男。

その関係は、桜花宮で見た、北家の姫と下男の恋を思い起こさせた。

藤波は、登殿した姫のそれぞれを憎み、それぞれに嫉妬しつつ、それぞれに憧れていた節がある。

恋に発展されては困るが、いい刺激になるのならば、少しくらいの交流はあっても悪くはない。

藤波が兄にのめり込んだのは、何より、他に会った男性がほとんどいなかった、というのが大きい。

その目に映る世界を広げてやれば、藤波の価値観そのものが変わるはずだ、と思った。

庭師の青年は、気の良い若者だった。滝本が頼むと、快く季節の花を届けてくれるようになった。

不埒《ふらち》な考えを起こさないように釘を刺せば、貴族のお姫さまに手を出すなんてとんでもない、と慌てていたが、御簾《みす》越しに一言二言話す時は、特に臆した素振りも見せなかった。

「お姫さま、病気だって伺いましたよ。早く元気になれるといいですねぇ」

そう言って晴れやかに笑い、足取りも軽く去っていくのだ。

「最近、藤波さまのお食事がよく進みます」

早蕨は、藤波の膳を下げながら嬉しそうに言った。

この調子で、少しずつ人と対峙《たいじ》することに慣れていけばいい。すっかり元気になれば、どこかに降嫁《こうか》することだって夢ではない。

そんなふうに思っていた。

平和な尼寺での生活に慣れ切っていた滝本は、ここが、大紫の御前の掌の上であり、彼女にはどうしようもない悪癖があるということを、すっかり失念していたのだった。

＊　＊　＊

ある時、大紫の御前から呼び出しがかかった。

これまでにも、藤波の病状を確認したり、彼女の好みを聞いたりするために、滝本だけ呼び出されることはままあった。

特に不審に思うでもなく大紫の御前に会いに行った滝本は、しかし、その第一声に凍り付いた。

「藤波の近くに、不審な影があるそうだな」

じろりと、こちらを睥睨《へいげい》して一言。

「男か」

睥睨《へいげい》するような眼差しは、少し前まで藤波の宮に向けていたものとは、まるで性質が異なっていた。

「ただの庭師です。藤波さまが、季節の花がお好きで……」

「そなたもそれを許していたと？」

自然と体が震えた。

その時初めて、遅まきながら、自分が大紫の御前の逆鱗に触れる行いをしていたことに思い至った。

「大紫の御前、わたくしは――」

「ああ、もうよい」

滝本の言葉を遮《さえぎ》った時、大紫の御前は滝本を見ていなかった。それまで、藤波を通してささやかに感じていた連帯感が、音もなく崩れ去っていくのを感じる。

「お待ち下さい、大紫の御前！　どうか、どうか」

どんなに呼びかけても、退出していく大紫の御前は、もう二度と滝本を振り返ろうとはしなかったのだった。

大紫の御前が直接手を出したのかは知る由もないが、それ以降、庭師は代わり、あの青年が顔を見せることはなくなった。

そして、大紫の御前が、藤波に声をかけることもまた、絶えてしまったのだった。

藤波が、本格的に壊れてしまったのはその頃だ。

少しだけ上向いていた状態が、急な坂を転げ落ちるように悪化していった。

大紫の御前からの心遣いが絶え、若者の姿も消え、本当に、彼女には何もなくなってしまったのだ。

藤波の兄達に助けを求めることも考えたが、その頃には猿との戦いがあり、山内の状況は、悪化の一途をたどっていた。若宮は防衛上の観点から中央を捨てることを提言して久しく、大紫の御前を筆頭に、貴族達との間で摩擦が激しくなっていた。「罪を犯した妹宮に心をかけて欲しい」などと言い出せる雰囲気ではないのは分かっていたが、それでも手紙を送ったところ、今は困難である、という側近からの伝言と、味もそっけもない幾何《いくばく》かの見舞金が送られてきただけであった。

若宮は、藤波にかかずらっている暇などなかったのだ。

猿との大戦が終結し、若宮が正式に金烏として即位し、中央が復興しても、忘れ去られた小さな尼寺には大きな変化は訪れなかった。

滝本や早蕨がいくら寄り添っても、藤波はひとりぼっちで、救われないままなのだった。

＊　＊　＊

やがて、金烏と、新たな皇后の間に娘が生まれた。

正室は、登殿の儀において藤波が忌み嫌っていた浜木綿《はまゆう》の君。そしてその娘は、薬草園を有す紫苑寺《しおんじ》にて養育され、紫苑の宮と呼ばれるようになった。

紫苑寺と、藤波の暮らす尼寺。

普段、金烏の暮らす朝廷《ちょうてい》からの距離はほぼ変わらないどころか、いっそこちらの方が近くさえある。

だが、金烏は激務の間を縫って足しげく紫苑寺に通うことはあっても、藤波のもとには一向にやって来る気配を見せなかった。

挙句、その娘を女金烏にという話まで出て来た時には、どうして同じ内親王で、これほどまでに差があるのかと、痛切なやるせなさに襲われた。

そういったことを、滝本は藤波に知らせなかった。

滝本でさえ、この状況を知るにつけ胸の奥が悪くなるような心地がするのだ。心の均衡を崩した藤波がそれを知った時どうなってしまうのか、まるで見当がつかなかった。

藤波は本来であれば、とっくに裳着《もぎ》を行い、降嫁している年頃だ。

それなのに、藤波は猿との大戦の混乱の中、きちんとした儀式もないまま、なし崩しにこの年まで来てしまった。

「兄上にお会いしたい……」

今にも消え入りそうな声で、ぼんやりと呟き続けるやせ衰えた藤波が、ただひたすらに憐れでならなかった。

＊　＊　＊

――金烏を暗殺せよ。

紫雲《しうん》の院と呼ばれるようになった夕蟬《ゆうぜみ》からその命令が下ったのは、女金烏の論が本格化して、いくらもしないうちのことであった。

この頃、紫雲の院に呼び出されるのは滝本ではなく早蕨になっていたが、彼女はその日、これ以上なく青い顔で寺へと戻ってきた。寺の奥、閉め切った部屋の中で早蕨の話を聞いた滝本は、とうとう自分達は見捨てられたのだと悟った。

段取りは、すでに藤宮連によって入念に立てられていた。

金烏は、夕食を終えた後は夜御殿《よんのおとど》に引きこもり、人払いをするのが常であるという。どこかへ出る際には山内衆《やまうちしゅう》がついて回るが、この時ばかりは最小限の手勢しか傍に置かず、警備の注意も門の外へと向いている。

一方で、山の奥への警戒はされていない。

金烏の御座所の奥には、後宮と禁門《きんもん》に続く扉がそれぞれ存在している。後宮には皇后がおらず、神域が山神によって閉ざされている現在、二つの扉は厳重に閉められていた。金烏自身、特段の用がない限り近付くことはなく、同時に、閉め切られているという安心感で警備の兵は極端に少ない。

そして、後宮に接し、外につながる宮として、桜花宮があるのだった。

桜花宮まで金烏を無防備な状態で連れ出すことが出来れば――あとは、桜花宮に隠れ潜んだ藤宮連が、金烏を殺害出来る。

金烏は即位以来、用心深くなっていた。

若宮と呼ばれていた時分はふらふらと好き勝手に行動することが多かったが、今では山内衆を傍から離さず、安全の確認出来ない場所には不用意に出て行かない。

だから、藤波の宮が必要になったのだ。

「紫雲の院は、藤波の宮さまにお手紙を書かせて、金烏陛下と桜花宮の中庭にて密会させるようにとおっしゃいました」

「金烏陛下には、何度も会いたいとご連絡している。だが、会えぬと言われているのだ。もはや、藤波の宮さまのお声がけに応じるとは思えない！」

悪あがきのように言うも、「わたくしも同じことを申し上げました」と早蕨は悲壮感を漂わせて首を横に振った。

「あのお方は、自分の名前を使えばいいと仰《おお》せです」

「何？」

「『紫雲の院のことで、どうしても二人だけで話したいことがある』と言えば、必ず来ると……」

女宮の間で政治的な問題があったとすれば、どうしても金烏は出て来ざるを得まい、ということらしい。

「では、実行役は――」

「滝本さまと、わたくしです」

滝本は両手で顔を覆った。

それの意味するところは明らかである。

大紫の御前は用意周到だ。いつだって、自分には届かないよう、実行犯を切り捨てる。

庭師の一件以来、藤波も、滝本も、大紫の御前から冷ややかな目で見られていることは分かっていた。だがまさか、自分や早蕨はともかく、藤波まで捨て駒として扱われる日が来るとは、夢にも思っていなかった。

「あのお方は」

思わず声が掠《かす》れる。

「藤波の宮を、黒幕にするおつもりなのだな」

早蕨はかちかちと歯を震わせ、はい、と消え入りそうな声で肯定した。

金烏暗殺が成功すれば、必ず、下手人と、その下手人に誰が命令をしたのかが徹底的に洗われる。

　大紫の御前は、その下手人役として滝本と早蕨を指名し、二人にそれを命じた者として、藤波の宮を用意したのだ。

　もとから、心を病んでいると噂されている藤波だ。

　この上、藤波の要請でやってきた金烏が殺されたとなれば、もはや、藤波の主張など誰も聞いてくれはしないだろう。

「紫雲の院はおかしくなってしまわれました」

　早蕨は俯《うつむ》き、すすり泣いた。

「昔はこのような方ではなかったのに……」

　――確かに、やり方が以前よりもなりふり構わなくなってきている。

　滝本が尼寺に引っ込んで以降、後宮では人員整理が本格化し、もともと紫雲の院に仕えていた同僚達が居場所を失くしているのは耳にしていた。女金烏の話が出てからの焦燥は目に見えて明らかで、紫雲の院の乱心を嘆く声も聞こえていた。

　庭師の一件の折、「ああ、もうよい」と、こちらに一瞥《いちべつ》も向けずに去っていった大紫の御前の姿が脳裏に蘇る。

　そして不意に、強い怒りが閃《ひらめ》いた。

　こんな理不尽なことがあって堪《たま》るかと思った。

　自分は確かに、忠誠心に厚くはなかった。だが、これまでその命令に背いたことはない。成功しようが失敗しようが、一度金烏に手を出せば、どうあっても死は免れない。

自分は、死ななければならないほどの罪を犯しただろうか？

気の良い下男に花を届けさせたことが、そこまでの罪になるというのだろうか？

いや、百歩譲って、自分はまだいい。

腐っても藤宮連だ。もとから綺麗な手ではない。その報いがやって来たのだとすれば、自業自得だと自嘲出来ないわけではない。

だが、藤波はどうなる？

あの可哀想な娘は、何も悪いことをしていないのだ。

不幸な事故はあった。けれど彼女は、他人を害するつもりで害したことは、これまで一度たりとてないのだ。

このまま、唯々《いい》諾々《だくだく》と大紫の御前に従い、藤波を巻き込んで心中など、出来るはずがないと思った。

「早蕨――」

「わたくしには、妹がおります」

滝本が決然として口を開いた瞬間、早蕨は視線を自らの膝に落としたまま、早口で告げた。

「捕まって、藤波の宮さまのお名前を出さなければ、妹がどうなるか分かりません」

どうかそれ以上はお許し下さい、と深く頭を下げられ、滝本は閉口する。

分かってしまった。

紫雲の院にとって都合のよい事実を――黒幕は藤波の宮だと証言する役は、早蕨だ。

そしておそらく、ことが終わった後、自分は口封じに殺されるのだろう。

「……同じだぞ」

呟いた声は苦り切っていた。

「今、妹御が助かっても、このままあの方に仕え続けていれば、同じことだ」

――いずれ、捨て駒にされて殺される。

早蕨は動かない。

「どうするべきか、よく、考えたほうがいい」

はいとも、いいえとも答えない早蕨が何を考えているのか、滝本には知る術がなかった。

＊　＊　＊

「金烏陛下とお会い出来るよう、取り計らいましょう」

早蕨にそう言われてから、藤波の状態はぐっと安定したように見えた。実際に何が起ころうとしているのかは全く知らないまま、兄に会うために必要だと言われたことは、何でもこなすようになったのだ。

早蕨に言われるがまま、素直に手紙も書いた。

そこでは、若宮であった頃、金烏が藤波に会いにやって来た日の様子が、二人しか知らない些事に至るまで細かく綴られていた。どうしても二人きりで話したいことがあると書き記し、その内容を、焚《た》きしめた宗家の香と紫の雲の透かし模様が入った料紙で匂わせたのだった。

――わたくしを、妹として少しでも憐れにお思いであれば、どうか。

切実な言いように何度も目を通し、滝本は誰にも、何も言わず、来たるべき日の覚悟を決めたのだった。


桜花宮へは、大紫の御前の意を受けた藤宮連の手配で、女房の候補として向かうべく支度が整えられていた。

身元を確かめるという名目で、いずれ後宮を任される予定であるという山路《やまじ》という女と会うことになった。

山路は、いかにも人の好さそうな女であり、早蕨を東家の系列の宮烏と信じ、全く疑っていなかった。

滝本と藤波は、早蕨と付き合いの深い、商家の母子という体《てい》で紹介された。

衣服を里烏風のものにして、滝本は髢《かもじ》を用いて髪の長さをごまかす。

観相で見破られることを恐れ、藤波には化粧をほどこし、なるべく顔を上げないようにと言っておいたのだが、そういった貴族の子女との付き合いが深いせいか、山路は無理に藤波の顔を見ようとはしなかった。

むしろ、商家の娘にしては所作が貴族的であること、教養の確かなことをしきりに褒めた。

「お栄《えい》殿はまこと、お育ちがよろしいのですね。この調子なら、すぐに女房として立派に働けますよ」

そう、藤波を元気づけるように声をかけたのだった。

山路との面談さえ終えてしまえば、桜花宮への潜入は何とも容易だった。

手配された駕籠《かご》で一度中に入ってしまえば、勝手知ったるものである。

久しぶりの桜花宮は何とも懐かしく、ここを筆頭女房として取り仕切っていた頃が、今では夢のように感じられた。

曇天のもと、車場に集められた女達に、山路から今後の説明をされる。

広大な敷地の清掃を今日一日で全てこなせるというわけもなく、日を分けて細かく行っていくつもりだと言う。

「いずれ、ここで紫苑の宮さまをお迎えするのです。皆さん、心を込めて綺麗にして下さいましね」

山路に言われ、誇らしげに返事をする女達の中で、藤波だけがぼんやりとしていた。

言われるがまま、藤波と共に藤花殿《ふじのはなどの》の清掃を行う。

当然のことながら、藤波は自らの手で掃除をしたことなどない。

ここで不審がられる危険性が一番高かったが――むしろ、ここで誰か気付いてくれやしないかとも思ったが――藤波は黙々と動いた。

結局、与えられた区画の清掃を終えるまで、誰にも不審に思われることはなく、あらかじめ買収されていた駕籠舁《かごかき》は、三人を乗せずに桜花宮を後にしたのだった。

舞台袖の厩《うまや》に隠れていた三人は、人気《ひとけ》がなくなると下女用の通用口に下り、桜花宮の中へと侵入した。

藤波の書いた手紙は、桜花宮の女達の様子を見に来た蔵人《くろうど》へと渡した。「さる姫君から、急ぎ知らせて欲しいと言われた」と、蔵人頭《くろうどのとう》に渡すようにと頼んである。

無記名ではあるが、その香りの意味するところに蔵人頭が気付きさえすれば、金烏へと届けられるのは間違いない。

中庭に来て欲しいと指定したのは、日没直前の時刻だった。

三人が中庭までやって来ると、いくらもしないうちに見張り役の藤宮連が姿を現した。

藤波に慇懃に挨拶し、そこに身を隠すといいでしょうとか、濡れないように油紙を用意しました、などと親切ぶって言ってはいるが、もし滝本らが不審な動きを見せたら、この女がこちらの息の根を止めに動くのは間違いなかった。

藤宮連が指示した通り、紫陽花《あじさい》の間に藤波を隠れさせる。

朝から怪しい天気だったが、すでに雨が降り始めていた。日が落ちて寒くなることを考え、藤波には頭から長い衣を被せ、その上には油紙を巻いた。座り込んだ腰が冷えないようにと、地面には油紙を敷いた上に、畳んだ手ぬぐいを置く。

「もうすぐ、陛下がいらっしゃいますから」

そう声をかけて水筒を渡したが、慣れないことをして疲れたのか、藤波は黙り込んだまま返事もしない。滝本は藤波から離れ、自身もまた、藤宮連から指定されていた場所に腰を下ろしたのだった。

そこには、金烏を射るための短弓と刀が用意されていた。

早蕨も、同じく近場で身を隠している。いつの間にか姿が見えなくなった藤宮連は、どこかで自分達が役目をこなすのを見張っているのだろう。

実際、金烏が来るか来ないかは賭けである。

――いっそ、来てくれるなと滝本は思っていた。

手紙を渡された蔵人がただの付文《つけぶみ》と思い込んで、蔵人頭に渡さずにいてくれないだろうか。もし、金烏の手元まであれが行ってしまったとしても、いつかのように、金烏が藤波を歯牙《しが》にもかけなければ、それでいい。その罪をなかったことにはしないと言い捨てた時のように、憐れみを請う妹のことなど忘れてくれれば、それで。

祈るような心地で待つこと、しばし。

大分薄暗くなった頃、藤花殿の奥から、複数の人の気配を感じた。

奥の、後宮へと続く通路の戸を開けて、何者かがこちらへと向かってくる。

数名の男の気配を感じるが、金烏がいるかどうかは、まだ分からない。

藤花殿の閉め切った扉の陰から、誰かが出て来た。

屋内に他の者を残し、中庭に下りたその男は鬼火灯籠《おにびどうろう》を掲げ、油断なく周囲を見渡している。

ざくざくと中庭を歩いていくその様子から、武人なのは間違いない。おそらくは山内衆だ。

そしてその山内衆は、紫陽花の陰に座り込む藤波を真っ先に見つけたのだった。

「何者だ！」

鋭い声で誰何《すいか》し、彼女の顔を、しっかりと鬼火灯籠の光で検《あらた》める。

「――藤波の宮さま？」

答えない藤波に代わって、男が戸惑うように言った瞬間だった。

「藤波。一体、何があった」

こんなに濡れて、と驚いたような声と共に、扉の奥から人影が飛び出してきた。

山内衆の持つ光に映ったその顔は間違いなく金烏であり、この瞬間しかないと滝本は思った。

「陛下、お下がりを！」

滝本は叫び、金烏がハッと顔を上げてこちらを見た。

だが時は遅く、金烏はすでに渡殿を飛び下り、その体を外気にさらしてしまっている。

――あそこでは、射線が通ってしまう。

「やめろ早蕨。考え直せ！」

今ここで金烏の側につけば、藤波も、自分達も助かる。

しかし、早蕨は前栽《せんざい》の陰から飛び出すと、容赦なく短弓から矢を放ったのだった。

山内衆が咄嗟《とっさ》に金烏を庇《かば》うように手を広げ、矢がその胸の真ん中を鋭く射抜いた。

「陛下！」

金烏を追って中庭に慌てて飛び下りた蔵人が刀を抜き、金烏の前へと立ち塞がる。

金烏は、藤波をその背に庇うようにして立ち――その口から、血を吐いた。

何が起こったのか、滝本には分からなかった。

金烏は目を見開くと、呆然と振り返り、立った今、自分が背中に庇った妹を見つめた。

藤波が、金烏の背中に、深々と懐剣を突き刺していた。


「どうして……」

金烏が呟いたが、滝本も全く同じ気持ちだった。

藤波、藤波さま。

一体、どうして。

我に返ったように蔵人が怒号を上げ、藤波を蹴り飛ばした。

その小さな体が吹き飛び、地面を転がる。

「陛下、逃げて！」

蔵人の声を受け、金烏は転身《てんしん》を始めた。

体に纏《まと》われた着物がぶちぶちと音を立てて裂かれ、その体が黒く肥大していく。

早蕨が金烏に向かって二の矢を射たが、蔵人が射線に自分の体をねじ込むようにしてそれを阻止した。肩に矢が立つが、蔵人は怯《ひる》まない。

「逃げろ！」

早く、という怒号に応じ、巨大な鳥に変じた金烏は、いかにも重たげに羽ばたいた。

このままでは逃げられると思ったのだろう。

屋根の上から、先ほどの見張り役が姿を現し、鋭く矢を放った。

しかし、あまりに大きな翼に弾かれ、その矢は刺さらなかった。

早蕨が刀を抜いて金烏に駆け寄るが、蔵人が阻止しようと太刀を振り上げ、激しい斬り合いとなる。見張り役は標的を変え、蔵人に矢を射込み、一本の矢が過《あやま》たずその体を射抜いた。

だが、早蕨の刀が届くよりも先に、雨粒を消し飛ばすような羽ばたきの後、金烏は空へと飛び立った。

巨大な翼がかすめた見張りは屋根で転倒し、焦ったように叫ぶ。

「ここまで来て逃がすな。追え！」

自身も転身して金烏を追っていったが、おそらく、あの大烏を仕留めるのは不可能だろう。

残された藤波はぽかんとした顔で、遠ざかる金烏を見上げていた。

まるで、初めて転身して人形をとった時のような、無垢そのものの顔をして。

「藤波さま……！」

我に返り、滝本は藤波のもとに駆け寄る。しかし、滝本の手が藤波へと届く前に、左腕に強い痛みが走った。

呻きを上げてそちらを見て、ひっ、と思わず声が出る。

髪を振り乱し、血だらけとなった蔵人が滝本の腕に嚙みついていた。

蔵人の右腕の先はすでになく、もはや意識も朦朧《もうろう》としているのだろうに、おびただしい血を流しながら、ぎらぎら光る眼でこちらを睨んでいる。

「放せ、放せ！」

怯みながら言うが、彼は滝本に食らいついたまま、決して放そうとはしなかった。

「放せぇ！」

半狂乱になって叫び、ふと、藤波の姿がないことに気が付く。

どこに、と視線を巡らせて、よろよろと渡殿に上り、欄干《らんかん》を越えんとする後ろ姿を捉えた。


――その向こうに黒く広がるのは、谷底だ。


「ふじなみ」

駄目、やめなさい、と。

滝本の出した声は、命令の形をした明らかな懇願だった。

「やめなさい……！」

藤波が欄干を蹴った瞬間、ふわりと袖が広がった。

欄干の向こうに消えていく着物の裾の揺らめきを、滝本はただその場で見守るしかなかったのだった。

＊　＊　＊

滝本が我に返った時、蔵人はすでに絶命していた。

絶命してもなお、その歯は滝本の腕に深く食い込み、外せない。

それに気付いた早蕨がこちらに近寄り、顎を砕くのを手伝ってくれた。ようやく腕が自由になったが、すぐには動き出すことが出来ない。

雨足が強くなってきた。

蔵人の血でどす黒くなった周囲も、隣に無言で立つ早蕨の姿も、ぼんやりとしてよく見えなかった。

金烏が無事に生き延びたのか、死んだのかは分からない。

――藤波が、どうして愛する兄を刺したのかも、分からない。

でも、そんなことは、もはやどうだって良かった。

藤波がああなってしまった今、滝本は、自分がこれからどうしたい、という未来への展望が全く見えないことに気が付いた。

自分はいつの間にか、呆れるほどに藤波ばかりの八咫烏《にんげん》になっていたようだ。

もっと早く気付けば良かった、と思った。

「まだ、見張りは戻って来ていません」

突然話しかけられ、顔を上げる。

早蕨はこちらを見ていなかった。滝本が大紫の御前を裏切ったと気付いているだろうに、その言葉は、早く逃げろと言っているに等しかった。

声もなく頷き、滝本は渡殿へと上った。

薄暗いが、雲の中では、まだ日が落ち切っていないのを感じる。

転身して欄干を乗り越える。滑空しながら、その高さを体に感じ、これを人形のまま飛び降りたのなら、どんなにか恐ろしかっただろうと思った。

谷底の岩場には、赤ん坊から今日まで成長を見続けていた娘が、もの言わぬ物体となり果てていた。

どうしてそんなことをしようと思ったのか、滝本自身にも分からない。

だが、降りしきる雨の中、身分に見合わぬ粗末な衣を着たまま倒れているその姿が、あまりに可哀想で、愛しくて、どうしてもそのままにはしておけなかった。

見苦しくなった体を整えるよう羽衣を編んで巻き付け、そのまま背負う。

赤ん坊の頃から一緒にいるというのに、そういえば、この子を背負ったのはこれが初めてだと気付く。

「どこか、静かな場所で休みましょうか」

ここは雨がうるさいから。

そう、優しく話しかけてから、滝本は山の奥に向かって歩きだしたのだった。

第五章
顎《あぎと》

開かれた羽衣《うえ》の中には、顔の半分がつぶれた女の死体があった。

その無残な姿に周囲を取り巻いていた者達は息を呑んだが、雪哉《ゆきや》は残った顔のつくりを確かめ、静かに羽衣で覆い直した。

間違いない。

それは、金烏《きんう》陛下の実妹、藤波《ふじなみ》の宮だった。

――あの馬鹿。

内心で、力なく毒づく。

特段の感慨はなかった。

ただ、主君が少数の手勢でのこのこと出て行った理由は分かったし、そのくだらなさに目眩《めまい》がした。

金烏は、実の妹に呼び出され、それに応じてしまったのだ。

娘が生まれ、内親王という立場に思いを馳せる機会が多くなっていたのは想像に難《かた》くない。

かつて辛く当たった妹のことを、憐れみと共に思い返す時もあったかもしれない。

だが、紫苑《しおん》の宮と異なり、藤波の宮は過去に内親王としての責務をおろそかにしている。私情を優先して東家の姫に肩入れし、公平性を欠く振る舞いをした。本来等しく届けられるはずだった文を手元に留め置き、挙句の果てに女房を一人、崖下に突き落としたのだ。金烏自身、その罪を公に出来ない分、罰するつもりで彼女に厳しく接していたのではなかったのか。

今になって情にほだされ、挙句の果てに殺されてしまうとは、全く笑うに笑えなかった。

とはいえ――ぼんやりしている暇はない。

滝本《たきもと》は、歯型のついた腕で藤波の遺体を抱え直している。

おそらくは、これが紫雲《しうん》の院にとっての不測の事態だ。

蜥蜴《とかげ》の尻尾は、確かに用意されていた。どこまでが計算通りであったかは分からないが、あの血に濡れた中庭で、彼女達のいずれかは死体となって発見され、簡単にその背後関係を洗えるようにしてあったはずだ。

しかし、滝本は生き延び、藤波を抱いて逃亡した。

無駄な抵抗だと分からないわけではなかっただろうに、それでも滝本は山中への逃亡を試み、あまつさえ、藤波の遺体を隠そうとしていた。これが、紫雲の院の思惑通りであるわけがない。

紫雲の院を引きずり下ろす、絶好の機会がめぐってきたのだ。

「この女の顔には、見覚えがある」

滝本は蒼白な顔で唇を噛みしめ、震えている。雪哉は淡々と告げた。

「登殿《とうでん》の儀の折、滝本の配下として働いていた、藤宮連だ」

滝本の細かな震えがぴたりと止まる。

周囲の兵がどよめく中、雪哉は滝本の耳元で囁《ささや》いた。

「取引をしないか、滝本殿」

滝本が顔を上げ、充血した目がこちらを向く。

「私は、真実が無為に不幸を呼ぶのであれば、それを暴くことに意味はないと考えている。こちらに協力をするならば、今、あなたの腕の中にいる者の名誉は守ってやれる。その代わり、あなた方を切り捨てた本当の黒幕について、証言をして頂きたい」

滝本は、夢でも見ているかのようにゆっくりと瞬く。

「紫雲の院か、藤波の宮か。今、ここでお選びなさい」

そう言って、雪哉は勢いよく立ち上がった。

滝本は視線を落とし、ぎゅっと、遺体を抱く手に力を込める。

「お尋ねします、滝本殿。今、あなたが抱えている者の名前は？」

周囲の者にも聞こえるよう、いささか芝居がかった言い方で尋ねる。

随分と長く感じられる沈黙の後、滝本は答えた。

「この者の名は……藤宮連の、槙《まき》の葉《は》です」

――滝本は、藤波の宮を選んだ。

＊　＊　＊

紫雲院が山内衆《やまうちしゅう》によって制圧されたという報は、稲妻のように山内中《やまうち》に知れ渡った。

山内衆により、前《さき》の皇后、紫雲の院が金烏暗殺に大きく関わっていたという証拠が挙がったためである。

仮の金烏代《きんうだい》として復権した捺美彦《なつみひこ》は、明鏡院長束《めいきょういんなつか》の奏上を受け、紫雲の院の持つ権限の全てを停止したのだった。

前皇后による金烏弑逆《しぎゃく》という前代未聞の事態を受け、特別な措置が講じられた。

仮の御所とされた凌雲宮《りょううんぐう》にて、紫雲の院の罪を明らかにするため、四大臣と山内衆が招請されたのだった。

紫雲の院の尋問は、凌雲院の講堂にて行われることになった。

金烏代は裁きの場にはやって来たものの、上段の間に下ろされた御簾《みす》から出ないままであった。そんな父に代わり御簾の前に腰を据えたのは明鏡院長束であり、四家当主とその側近達は、紫宸殿《ししんでん》の席順に倣《なら》い準備された座所に腰を下ろしたのだった。


曇天の朝である。

定刻になり、山内衆によって隣の紫雲院から連れて来られた女は、このような状況にもかかわらず、未だに自分こそが皇后であるかのように美しく着飾っていた。

深い紫に金の摺《す》り模様が入った大袖の衣をまとい、腰には錦の紕帯《そえおび》をゆらめかせている。たっぷりと重ねられた複雑な染めのなされた裙《も》からちらちら覗くのは、舄《くつ》になされた金銀飾りだ。白髪の混じる黒髪はそれでも豊かなまま、尼削ぎにはされず、鳳凰《ほうおう》を模した金と赤珊瑚《あかさんご》の宝冠によって見事に結い上げられていた。

本来であれば、野外に出ることも稀で、面《おもて》をさらすなど考えられない身分である。だが、今はその顔を隠す翳《さしば》を掲げてくれる女官もなく、赤い花鈿《かでん》と紅の差された青白い顔があらわとなっていた。

縄を打たれもせず、悠揚迫らぬ態度で歩み来る姿は威厳すら感じられて、到底罪人の姿とは思えなかった。連れて来た山内衆達も、あまりに堂々とした紫雲の院に気圧《けお》されている感すらある。

四大臣の下座からそれを見ていた雪哉は、これではまるであの女を護衛しているかのようではないかと、後輩達をいささか不甲斐なく感じた。

罪人にそうするよう、広縁に座るようにと山内衆が言うと、紫雲の院は鼻を鳴らしただけでそれを拒んだのだった。

誰が口を開くよりも先に、紫雲の院は周囲を見回してから、長束へと視線を向けて嘲《あざけ》った。

「随分と賑やかなことだのう。母に構って欲しいのであれば、何もこんな大事《おおごと》にする必要もあるまいて」

挑発であると分かっていただろうに、長束は反射の速度で言い返した。

「訊かれたことだけに答えろ」

「おやおや。そなたの我《わ》が儘《まま》に応えて来てやったというに、情け深い母に向かって、随分な口の利きようだ」

ころころと楽しそうに笑われて、四大臣の背後に控えた官吏達が青い顔を見合わせる。取り調べを受け持った山内衆が咳払いし、ようよう詮議が始まった。

「紫雲の院。貴女《あなた》には、金烏弑逆の疑いが掛かっている。今、この場にて罪を詳《つまび》らかに――」

「無礼者め。一体、妾《わらわ》を誰だと心得ておる」

その下賤《げせん》の口を閉じよと鮮やかに罵倒され、山内衆は言葉を失くした。

四家当主の反応はさまざまだ。

東家当主は困ったように長束の反応を窺《うかが》い、北家当主は眉間に深い皺を寄せている。

息子である蔵人頭明留《くろうどのとうあける》をこの襲撃で失った西家当主は、口を真一文字にして紫雲の院を睨んでいた。

そして、紫雲の院の弟である南家当主は、まるで他人事《ひとごと》のような顔をして、無表情のまま視線を足元に落としていた。

剣呑《けんのん》な雰囲気のまま、沈黙が落ちる。

手順も何もあったものではない。その場の空気は、すっかりあの奸婦《かんぷ》のものとなっていた。

雪哉は、手順通りに進めることを諦め、早々に出しゃばることにした。

「我々が確認したいのは一点だけです、紫雲の院。貴女は、金烏暗殺を指示したことをお認めになりますか？」

「全く身に覚えがない」

いけしゃあしゃあと言ってのけ、紫雲の院は袖で顔を覆ってみせた。

「そんな疑いをかけられたのは甚《はなは》だ不本意だ。妾は今、あまりの仕打ちに驚き、悲しんでおる」

「あくまで、何もご存じないとおっしゃるのですね」

「それが事実だ」

「昨夕、陛下を弑《しい》した下手人を捕らえました。あなたの配下である、藤宮連《ふじみやれん》です」

「おかしなことを申すものよ。すでに、皇后の位を退いた妾に藤宮連を指揮する権限はない。他でもない、そなたらが一番よく知っているはずではないのかえ」

引継ぎを行おうとしない紫雲の院から、無理やり藤宮連の指揮権を取り上げようと金烏夫婦は苦労してきたのだ。

あまりに自分本位な言い方に、呆れるよりも感心してしまう。

「浜木綿《はまゆう》の御方《おんかた》の指揮下にあるというのなら、どうして藤宮連が金烏陛下を害そうなどと思うでしょう」

「個人的な恨みであろうよ」

何を言われているのか、咄嗟《とっさ》に意味を摑みかねた。

「恨みとは？」

「奈月彦《なづきひこ》が若い頃、相当に女癖が悪かったのは、ここにいる誰もが承知している」

外界から戻ってきてすぐの頃、四家を蔑《ないがし》ろにし、政《まつりごと》には関心を示さず、登殿《とうでん》済みの姫達を無視して毎日のように花街に通っていたではないか、と。

そう語る調子は歌うかのようだ。

「即位後は多少落ち着いておられたようだが、かつて、かの方は重責のある立場を憂いて、心安く遊べる女を好んでいた時期があるのは疑いようのない事実だ。浜木綿の君とて、問題あって南家から追放された後、しがらみのない体で后《きさき》として迎えられたのだからな」

「おっしゃりたいことが分かりかねますが」

「当時、気安く手を出された挙句、側室にも迎えられずに放置され、ひとかたならぬ思いを募らせていた藤宮連がいたのだろうよ。藤宮連とて女だもの。弄《もてあそ》ばれれば恨みもする」

——つまりは、あれの自業自得ということだ。

嘲笑混じりにそう言われて、その場の空気が一気に沸騰する。山内衆は殺気立ち、長束が堪《こら》え切れなくなったように立ち上がった。

「この女郎《めろう》！」

「長束さま」

諫《いさ》めるように名を呼び、座るようにと促す。

ここで、感情的になっては相手の思う壺なのだ。

雪哉は、冷静に目の前の女へと視線を戻した。

「現場の状況からして、少なくとも三名の女が関わっているのは確実です。そのいずれもが私《し》怨《えん》で陛下に刃《やいば》を向けたとおっしゃるのですか？」

「女遊びの激しい方だったからのう」

「捕まえた下手人は、明確に貴女の命令だと証言しています」

「私怨で職務を離れた藤宮連のいうことだ。主君を裏切ったと聞いても驚きはしない。責任逃れに必死なのだろう」

「そんなに信用のおけない者を、よく長い間、重用なさっていましたね」

紫雲の院の返答があるまでに、初めて間があった。

「……何？」

「おや。もしや、貴女の名前を出した藤宮連が誰か、まだご存じでないのですか」

紫雲の院が黙った。

その様子に動揺は見えなかったが、怪訝《けげん》に思っている空気は感じられる。

雪哉が軽く手を振ると、庭から、山内衆が女を連れて来た。

後ろ手に縄を打たれ、白い簡素な衣一枚を纏《まと》って引き出されて来た年配の藤宮連。

その姿を見た紫雲の院は、表情を変えなかった。

しかし、先ほど金烏を嘲弄《ちょうろう》した時のような笑みはなく、何も窺い知れない無表情だ。

「よくご存じでしょう。藤波の宮さまについていた、滝本です」

他でもない、紫雲の院が藤波付きに任命したのだから、忘れるわけがないと雪哉は言う。

「藤波の宮に？」

驚いたような声を出したのは、西家当主だ。

「ええ、そうです。陛下が桜花宮《おうかぐう》まで不用意に出て行かれたのは、藤波の宮さまが来ていると思い込まされたからです。藤波の宮さまのことを幼少期からよく存じ上げる滝本は、藤波の宮さまからの手紙を偽装し、陛下を桜花宮へと呼び出したのだと証言しました。わざと我々に捕まって、全く無関係な動機を証言する役は他にいたそうですが、いざ陛下を弑《しい》してみれば恐ろしくなり、我々に投降して来たのです」

「馬鹿な」

紫雲の院が、苦々しそうに吐き捨てた。

「滝本殿」

紫雲の院を無視して、雪哉は滝本に呼びかける。

「あなたに、金烏陛下の身を害するようにと命令を下したのは、誰ですか？」

意識して労《いた》わるような声色で尋ねると、滝本は深く俯《うつむ》いたまま、しかし、はっきりとした声で言い切った。

「紫雲の院でございます」

「出鱈目《でたらめ》だ！」

急に、紫雲の院の気配が変わった。

「なにゆえ、そのようなことを言い出すのか、全く理解に苦しむ。妾はここ数年、その女と顔を合わせてもいないのだぞ。そんな命令を下せるわけがない」

「しかし少なくとも、滝本が金烏陛下を襲撃したのは間違いありません」

――証拠がございます。

雪哉がそう言って振り返ると、それまで講堂の隅に控えていた千早《ちはや》が、蘇芳《すおう》色の包みを持って立ち上がった。

紫雲の院と四家当主の前に進み出て、大事そうに抱えていた包みを掲げる。

「それは何だ」

困惑する西家当主の問いかけに、千早は瞬いた。

「これは」

赤い布が広げられ、中のものが外気にさらされる。

「陛下をお守りしようとして死んだ――蔵人頭の、下顎の骨です」

なんと、とどこからか悲鳴じみた声が上がる。張りつめていた空気が、ざわりと揺れた。

西家当主が息を呑み、よろよろと立ち上がる。

「まさか、明留の……？」

蹌踉《そうろう》とした足取りで近付いた西家当主は、千早の差し伸べた息子の骨と対面した。

震える指が伸ばされた先、深い光沢を持った濃い赤の絹の上に、それは鎮座していた。

驚くほどに小さく、頼りない白い骨だ。

生乾きなのか、ところどころに桃色の肉か筋のようなものが残っていたが、丁寧に洗い清めたと見えて、おどろおどろしい感触とは程遠い。

千早は、砕かれて散った骨片と歯をひとつ残らず拾い集め、肉を削ぎ、米を使って、全ての部位を繋ぎ合わせたのだった。

明留は、千早にとって最も親しい友人だった。

その友の、やわい肉を小刀でこそげ落とし、骨を執念深く拾い集めて洗い清め、一片一片を繋ぎ合わせていた時、何を思っていたのかは計り知れない。

「なぜ、蔵人頭の顎《あぎと》が砕かれていたか」

心を置き去りにしたような声で、千早が言う。

「絶命してなお、彼が、下手人の腕を咥《くわ》えて放さなかったからです。そこから逃れるためには、顎を砕く以外に方法がなかった」

そして、噛みつかれた者がここにいる。

山内衆が縄を解いても、滝本は逃げようとはしなかった。

雪哉は滝本の左手を摑み、白い袖をめくりあげた。

そうしてあらわになった、張りのない骨ばった前腕には、はっきりと赤黒い歯型が刻まれていた。

無言のまま、千早は明留の顎の骨を持ち上げ、その歯型に押し当てる。

――滝本の傷と明留の下顎の骨は、見事に一致した。

もはや誰の目にも、下手人が滝本であることは疑いようがなかった。

「陛下を刺したのは、あなたですね？」

雪哉の問いに、観念したように滝本は頷く。

「はい」

「では、もう一度お尋ねします。あなたに、陛下を殺すようにと命じたのは、誰ですか？」

滝本が喘《あえ》いだ。

一瞬、泣き笑いのようなおかしな声を上げ、深く息を吸い、顔を上げる。

まっすぐに紫雲の院を見据えて、一言。

「紫雲の院でございます」

あまりに迷いのない声だった。

同席していた官吏達が、堪らなくなったようにどよめく。

真正面から滝本の視線を受けた紫雲の院は、先ほどまでの超然とした様子とは異なり、どこか呆気に取られているように見えた。

「……なぜ、かような嘘をつく？」

囁《ささや》くような、自問自答するような声で、紫雲の院は呟いた。

「妾の恩を忘れたか」

不意に、滝本は顔を上げた。小さく口を開きかけ、しかし、ぐっと何かを飲み込んだように、結局は何も言わずに閉じてしまう。

その瞳は怒りに燃えるようで、ひたすらに紫雲の院を睨みつけていた。

「間違いなく、大紫《おおむらさき》の御前《おまえ》の指示でございました」

滝本は、頑《かたく》なに繰り返す。

紫雲の院は、本気で滝本が己を裏切った理由が分からないという顔をしていた。

だが不意に、何かに気付いたように目を瞬き、視線を横へと動かした。

ここに来て以降、一度も紫雲の院を直視しようとしない弟、南家当主のほうへと。

「――融《とおる》？」

それは紫雲の院らしからぬ、迷子になった少女のような、小さく頼りない声音であった。

呼びかけられても、南家当主は紫雲の院のほうを一顧《いっこ》だにしない。ただ、小さく嘆息すると、御簾内にいる金烏代に向かって深々と頭を下げたのだった。

「時、ここに至り、我が姉の無道は明らかです。金烏陛下にはあまりに申し訳のしようもなく、このような獣にも劣る品性の女を出した家の当主として、慙愧《ざんき》に堪えぬ思いです」

最愛の弟が滔々《とうとう》と語るのを、紫雲の院はぼんやりと見つめている。

「処分は、いかようにも」

その言葉を聞いた瞬間、紫雲の院を取り巻いていた独特の空気が霧散するのを感じた。

彼女の高貴な女宮としての威厳が、まるで薄衣がはぎ取られたかのように消えてなくなったのだ。

そこに取り残されていたのは、豪奢《ごうしゃ》な装いに潰されそうになっている、痩せ衰えたただの女であった。

以降、紫雲の院は一言たりとも抗弁を行わなかった。

ここにやって来た時とは別人のように大人しくなり、改めて問われた多くの嫌疑について、全て肯定を返したのである。

＊　＊　＊

金烏弑逆の廉《かど》により、紫雲の院の号は廃された。

南本家当主高正《たかまさ》が娘、仮名を夕蟬《ゆうぜみ》、真名《まな》を高子《たかこ》は、その夫金烏代捺美彦より、毒を賜《たまわ》ることに決まったのだった。

それが告げられた時も、高子は一切動じず、ただその行く末を静かに受け入れるのみであった。そこに、かつて烈女と噂された面影はどこにもなく、すでに魂が抜けていたかのように、ひどく弱々しい有様であったという。

＊　＊　＊

真の金烏、奈月彦の葬儀は、山内を挙げて行われた。

金烏の霊魂は、死後、中央山《ちゆうおうさん》山頂の神域にて山神《やまがみ》の脇侍《きようじ》となり、山内全土を守護するものと考えられている。八咫烏《やたがらす》達は族長たる金烏の死を悼《いた》んで手を合わせ、また、死後も山内の守護の確かなることを祈願し、神饌《しんせん》を捧げるのである。

宮烏《かんう》は鈍色《にびいろ》の衣を纏い、縁の深い大寺社に詣でて手を合わせた。小さな山村にまで触れが出され、官衙《かんが》には鳥居と神壇が設けられ、官衙に赴けない者は近辺の祠《ほこら》などに詣でるのだった。

真の金烏の遺骸は棺に入れられ、禁門《きんもん》前の円形の広間に納められることになっている。

だが、奈月彦は転身《てんしん》の最中に死んだため、その体は通常の棺の容量をはるかに超えてしまっていた。

真の金烏の体は、ただの遺骸ではない。

歴代の真の金烏の棺からは水が溢れだし、それが中央山から各地に広がっていく水に混じることが分かっている。それにどういった意味があるのかは未だ明らかにされていないが、山内の結界《けつかい》に関係する可能性がある以上、下手な変更は行わないほうが良いだろうという結論に至った。

浜木綿の御方は、夫の遺体を傷つけることに反対した。

一度火葬にし、その遺灰を棺に納めてはどうかと提案されたのだが、結果として、奈月彦の体は殯《もがり》の後に神官達によって解体され、三つの棺に分けられたのだった。

仕方ない処置ではあるが、もし彼がただの八咫烏であったのならば、こんな葬儀は絶対にしなかっただろうにと雪哉は思う。

――まさかあの人も、臣下によってバラバラにされるとは思わなかっただろうな。

そこにあるのは、弔いの気持ちではない。その死体の一欠片《ひとかけら》まで使い倒そうという、山内のためには必要不可欠ではあるが、あさましいことこの上ない魂胆だ。

三つに分けた棺からは水が湧き出したが、その量は他の棺に比べて多いとは言えなかった。

結局、何が正しいのかは誰にも分からないままなのであった。

「東片瀬《ひがしかたせ》の正室と名乗っていた女と思しき死体を発見しました」

おそらく、現場から逃げ出したことを他の藤宮連に見咎《みとが》められて、制裁を受けたものと推測される。湖に浮いた女の顔は大いに腫《は》れており、生前に激しい暴行を受けた痕跡が見て取れた。

雪哉が報告をすると、長束は静かに「そうか」と頷いたのだった。

禁門での供養を終えた夕刻のことである。

報告のために雪哉が訪問した長束の私邸は人払いがされており、そこには路近《ろこん》しかいなかった。

「では、これで粗方の片は付いたのだな……」

今後すべきことは山積みであるが、長束がそう言いたくなる気持ちはよく分かる。

「後は、しかるべき時を見計らい、藤波の宮が病死したという報せを流すだけです」

雪哉の言葉に長束は唸《うな》り、疲れたように、片手で顔を覆ったのだった。

滝本を拘束した後、雪哉は長束にだけ、藤宮連の『槙の葉』とされた、金烏殺害の実行犯の正体を明かしていた。そして、その正体を秘するべきだと提言したのである。

妹宮が兄である金烏を殺害するなど、宗家《そうけ》の威信そのものを揺るがす醜聞《しゆうぶん》以外の何物でもない。それを公にする利点はどこにも存在していなかった。

長束は、滝本と取引をした雪哉の案に、全面的に賛同したのだった。

いざ、ことが済んでしまえば、これまで苦しめられてきた紫雲の院の最期は、なんともあっけないものであった。

とはいえ、金烏殺害の黒幕が前《さき》の皇后というのもまた、前例にない醜聞である。

人心は動揺しており、皇后の思惑通りに長束が即位することを良く思わない声も出てくるのは目に見えていた。

「私は、藤波とまともに言葉を交わした記憶がない」

何を思ったのか、長束が憂鬱《ゆううつ》そうに口を開いた。

「馬鹿な娘だ。怒りも、呆れも覚える。だが、もし私が藤波を少しでも気に掛けることがあったら、こんなことにはならなかったのではないかとも思うのだ……」

南家出身の皇后を母に持つ長束と、側室から生まれた奈月彦と藤波。

宗家に生まれた三人は、確かに、血の繋がりがある兄妹だったはずだ。

「お前から藤波の名を聞くまで、私は正直、自分に妹がいるということすらほとんど忘れていた。同時に、この無関心が彼女を凶行に駆り立てたのかもしれないと直感したのだ」

返答せずに先を促せば、「奈月彦は何度も会いに行っていたのにな」と言葉尻に後悔を滲《にじ》ませた。

「母のことを、宗家の責務を果たさず、生家を贔屓《ひいき》すると批判しておきながら、本当に宗家の者としての自覚が足りなかったのは私のほうだったのかもしれん。同じ宗家の者でありながら、私は、藤波を実の妹として気に掛けたことがなかった……」

確かに、憐れな娘ではある。

滝本が紫雲の院を裏切る決心をしたのは、そもそも、紫雲の院があまりに藤波に対し冷淡だったからだ。紫雲の院は、藤波を黒幕に仕立て上げ、蜥蜴《とかげ》の尻尾として使い捨てる算段であったと思われる。

もともと心を壊していた娘だ。

己のせいで兄が殺されたと知った藤波がどうなろうとも誰も気にしないし、たとえ彼女が何を言ったとしても、誰も信じたりはしないと高を括《くく》っていたのだろう。

――だが、藤波は黒幕の濡れ衣を着せられるどころか、自ら兄に手をかけることになった。

「たとえどんなに苦しい境遇であり、悲惨な背景を持っていようとも、ただ、実際に取った行動だけがその者の価値を決めるのです」

長束の暗い瞳を、雪哉は淡々と見返した。

「藤波の宮は憐れです。長束さまが気にかけてやれば、違う未来もあったかもしれません。しかし、それを今考えることに一体何の意味がありますか？　悲惨な現状を前にして、もし過去にこうしていればと後悔することに価値があるとは、私には到底思えません」

同情をかける相手が罪人であれば、なおさらだ。

「私が藤波の宮の名前を表に出さなかったのは、ただ、そちらの方が我々に利益があると考えたためです。損得を勘定せずに申し上げるならば、あのおぞましい行いを白日のもとにさらしてやりたかったたし、彼女は大いに非難されるべきだった。そうしてやったほうが、いっそ本人のためだったのではないかとすら私は思っていますよ」

「本人のため……？」

怪訝そうな長束に、雪哉は言う。

「だって、それだけが唯一、彼女がこの世に残せた爪痕でしょう？」

それまで黙っていた路近は喉を鳴らして笑い、「うまいことを言う」と呟いた。

長束は、雪哉と路近を呆気にとられたように見比べると、今度こそ大いに顔を歪ませて嘆息したのだった。

頭を抱えてしまった長束に、しっかりして下さい、と雪哉は呼びかける。

「本当の問題はこれからなんですから」

粛々と葬儀が進む中、いよいよ、次の金烏――金烏代が誰となるかが問題になっている。

今は先代の捺美彦が金烏代の座についているが、これはあくまで仮の措置である。

捺美彦は政治に関心がなく、奈月彦に譲位する際も逃げるようにして出家したという過去がある。このまま正式な重祚《ちょうそ》にはならないだろう。

現在、山内には日嗣《ひつぎ》の御子《みこ》が存在していない。

次の金烏として捺美彦に指名された者は、即時的に践祚《せんそ》することになる。

女金烏の構想は、あくまで真の金烏が生きており、その後継者として長い時間をかけて検討されるはずだったものだ。こうなってしまえば、今すぐ紫苑の宮を金烏代に迎えるという案は実現性に乏しく、実際問題として、指名される者は明鏡院長束の他に存在していないのだった。

もうじき、捺美彦より正式な宣旨《せんじ》が下るだろう。

「それで、以前私におっしゃったお考えに、お変わりはございませんか？」

雪哉が訊ねれば、長束は気を取り直した様子で、「ない」と断言した。

后を迎えないまま、金烏代となるつもりであると彼は言う。

浜木綿の御方は出家した上で新たな紫雲の院におさまる他にない。だが、紫苑の宮は長束の養女に迎え、今度こそ、正式に日嗣の御子として指名を行うつもりなのだ。

「母の所業を思えば、それも当然であろうよ」

長束は楽観的に言ってのけたが、前例がない分、それが困難な道であることは間違いなく、少しでも優秀な仲間が必要だった。

「千早は、山内衆を辞めてしまったのか？」

同じことを思ったのか、急に路近が嘴《くちばし》を挟んできた。雪哉は苦く笑う。

「その気になれば、太刀を取り上げずに済んだのですが……」

千早自ら、もう山内衆ではいられないと言ったのだ。

金烏が死んだのは、金烏自らの軽率な行いに由来する部分が多い。その責を軽くする方策もなくはなかったのだが、千早本人が頑として受け入れようとしなかった。金烏を守れなかったのは間違いなく自分の責任であり、そこを曖昧《あいまい》にすべきではないと主張したのだ。

結局、太刀を取り上げる形で、山内衆はおろか、宮仕えすら辞めることになってしまった。

しかし、千早は数少ない外界への遊学経験のある山内衆だ。それほどの男を野に遊ばせておく余裕はこちらにもなく、雪哉は何とかして彼を中央に復帰させるつもりでいた。

「とにかく、我々がすべきことは山積みなのです。明日には大天狗《おおてんぐ》との会談も予定されていますし、落ち込んでいる暇などありませんよ」

激励するつもりでそう言ったのだが、長束はそんな雪哉を見て、珍妙な生物でも見掛けたような顔になった。

「……お前は落ち込んだりしないのか？」

あまりに他愛無い質問に、雪哉は笑った。

「そんな暇があるのならば、とっくの昔にそうしていますよ」

長束のもとを辞去し、外に出た雪哉は空を仰ぎ、雲間に星が出ていることに気が付いた。

それにしても、長束はおかしなことを訊くものだと思った。身命《しんめい》を賭《と》して仕える主君が、自分の知らない所で命を落として落ち込まないはずがないだろうに。

そう頭では思う一方で、感情は全くそれを裏切っていた。実際、自分でも不思議なほどに、雪哉の心は平静を保っていた。

正直なところ、雪哉には、主君が死んだという実感が未だにない。

その遺体を解体し、棺に入れるところも見届けた。

嘆き悲しむ人々と、魂を失くしたように表情の消えた浜木綿、そして、己が悲しむよりも先にそんな母を心配する姫宮の姿も見た。

それなのに、何もかも、現実感に乏しいのだ。

――なんで死んでやがんだ、コイツは。

死に顔を見て、他人事のようにそう思った瞬間のまま、時が止まってしまったような心地がする。

あの時、自分は悠長に悲しんでいる暇はないと思った。何か、自分は大事なことを見落としてしまって、今動かなければ大変なことが起きるに違いない、と。

だが、自分に出来ることを全て終え、こうして一息ついた今も、あの時の焦燥感は全く消えてなくなりはしなかった。

何か、自分は決定的な何かを見落としているのではないか。

まだ、嘆くような時ではないのではないか。

そんな焦燥感だけが、今でもじりじりと心の隅を焦がし続けている。

山内のため、これからは長束に仕えなければならないというのに、きっと一生、自分の忠誠心の在《あ》り処《か》は変わらないのだろう。

——いつか、金烏の死を心で実感する日が来るのだろうか？

その時に自分がどうなるのか全く想像がつかず、雪哉は一人頭を振り、厩《うまや》へと向かったのだった。

＊　＊　＊

金烏代捺美彦より、緊急の御前会議の招集がかかったのは、禁門に金烏の遺体を納めた翌日のことであった。

議題はまず間違いなく、長束の即位に関するものだろう。

捺美彦が、仮に立たされた金烏代の地位を疎《うと》んじているのは誰の目にも明らかだ。しかし長束は出家しており、今の段階では即位の資格を有していない。還俗《げんぞく》するためには金烏代と、神《じん》祇官《ぎかん》の長、白烏《はくう》から許しを得なければならないのだった。

長束の即位を見据えて正式に関係各所が動き出すには、まずは金烏代が後継者として長束を指名する意思があることを明示しなければならない。早々にそれを行うために、白烏と四家当主を招集したのものと思われた。

長束のために用意された座所は、上座の一段下、御帳《みちょう》内の金烏代と正対する位置である。同じ段の左右、向かい合うようにして座る四家当主よりも下座ではあるが、これから還俗の許しを得ることを考えれば妥当な位置であると言えるだろう。

雪哉の席からは、こちらに背を向ける長束と、四家当主の横顔がよく見えた。

主君を失った雪哉は、ただの山内衆としてこの場に列席するには何とも中途半端な立場にあった。かと言って、このような大事に席を外すわけにもいかず、四家当主や長束が座すよりもさらに下段、勢揃いする官吏達の最前列、北家次期当主である玄喜《げんき》の傍らにおさまっていた。

玄喜は、雪哉の伯父に当たる男だ。

猿との大戦の折、久方ぶりに北本家に近い血筋の者が全軍参謀の資格を得たことを喜んだ玄喜は、以来、何かにつけて雪哉に構うようになっていた。今回も雪哉の置かれた状況に理解を示し、自身の隣に座すようにと手配してくれたのだ。

やがて、お触れの鈴が鳴り響き、諸官が一斉に頭を下げた。

「面を上げられよ」

御簾の前に立ち、金烏代に代わり号令をかけたのは、臨時に任命された蔵人《くろうど》である。

通常、蔵人は代替わりに際して総員入れ替わるのが通例となっており、奈月彦に仕えていた蔵人達は、現在解任される形となっている。長束が即位した暁《あかつき》には再び重用されるだろうが、譲位を執り行うまでわずかな間は、かつて蔵人として捺美彦に仕えた者が一時的にその役を務めることになっていた。

雪哉の知る限り、あの蔵人がこのような場で活躍した記録はない。

捺美彦が譲位する以前、彼の言葉を伝えるのは、もっぱら蔵人よりも禁官《きんかん》の役目であったのだ。

禁官は、女としての戸籍を捨て、男として生きる落女《らくじょ》が務める金烏の秘書官である。高子の意のまま、捺美彦を傀儡《かいらい》とすべく設けられた臨時の官であったから、高子が失脚した今、当時はほとんど仕事のなかった蔵人にお鉢が回って来たのだった。

蔵人は緊張した風もなく、諸官に対し捺美彦の意向を伝え始めた。

真の金烏奈月彦への弔意から始まり、その命を奪った前皇后、高子の行いを厳しく弾劾《だんがい》し、一度譲位した己がこの場に立っている現状は本意ではなく、早急に新たな金烏代の指名が必要だと考えている、ということをつらつらと述べていった。

伝宣の内容は、大方の予想通りに進んでいた。

「逆徒高子は、許されざる大罪人である」

よどみなく流れていた話題が、何故か少し戻った。

「その行いは人倫に外れ、国母にならんとする我欲によるものであることは明らかである。これは、山神への挺身《ていしん》と金烏の御代《みよ》の繁栄、山内の発展のために存在する金烏宗家の在り方に根本から反するものであり、そも、皇后の選定自体が間違いであったと断ずるより他にない」

蔵人の口調は、まるで嫌な仕事を早く終わらせてしまいたいとでも言うかのように早く、感情がこもっていなかった。

「しかるに」

話の流れが読めず、多くの者の訝《いぶか》しそうな視線が蔵人へと集まる。

「その子息たる明鏡院長束への金烏代指名は行い難く、新たなる親王が必要であると判断する」

──この男は、一体何を言っている？

雪哉は、おのずと眉根に力が入るのを感じた。

咄嗟に視線を巡らせれば、北家当主も西家当主も、戸惑いの色が濃い。

だが、東家当主と南家当主は、一切動じる様子を見せていなかった。

「どういうことだ……？」

下座から上がる声を無視し、蔵人はやや声を大きくした。

「よってここに、凌雲院《りょううんいん》預かりの身である凪彦《なぎひこ》に親王の称号を許し、日嗣の御子の指名を行うものとする」

──親王宣下《しんのうせんげ》。

全く予想していなかった命令に、一瞬にしてキンと錐《きり》で頭を貫かれたような衝撃が走った。

そしておそらくそれは、紫宸殿に詰めた多くの官人の心がひとつになった瞬間でもあった。

凪彦とは、誰だ。

「ご乱心召されたか」

いよいよ抑えきれなくなったざわめきの中、長束がよろめくように立ち上がる。

「凌雲院預かりの……凪彦？　そんな名前、一度も耳にした覚えがない！　四家の出身ですらない者を親王とするなんて、あまつさえ、金烏代に指名するなど、一体何を考えておいでだ！」

諸官の思いを代弁するかのように、狂然と長束が抗議するも、それに応える蔵人の態度はあくまで冷然としていた。

「四家のいずれの者よりも、そのお血筋はよほど確かです」

「何？」

「お立場がお立場ゆえ、これまで御身《おんみ》を隠さざるを得なかったのです。本来であれば凪彦さまは、このまま身の上を隠し、神官としての道を歩まれるはずでございました。しかし、逆賊高子のあまりの無道を鑑《かんが》み、こうすることもやむを得ずと陛下は判断された次第です」

「それは……」

長束は何事かを言い掛け、口を閉ざした。

とてつもなく嫌な予感がした。

「突然のことに、混乱なさるのも無理はありません。正式な宣旨《せんじ》はまたいずれとなりましょうが、陛下は、まずはこの場を借りて凪彦さまに、諸官へ挨拶をさせたいとのお考えです」

蔵人は無表情のまま、言い放つ。

「金烏陛下のご命令です。扉を開けなさい」

平素であれば、御前会議の最中に、その扉が開かれることはない。

雪哉が覚えている限り、それが行われたのはたった一度きり。

まだ、雪哉が宮仕えを初めてすぐの頃――真の金烏である奈月彦が、自らを無視して開かれた御前会議に乱入した時だけだった。

かつては真の金烏の一声で鍵は開き、お触れの鈴は勝手に鳴り響いた。

しかし今は、蔵人の言葉に躊躇《ためら》いながら、従わざるを得ない兵の手によって開かれたのだった。

鈴は鳴らない。

だが、当時と同様、闖入者《ちんにゆうしや》はあった。

主君の訃報を耳にして以来、何か、自分は決定的な何かを見落としている気がしてならなかった。

実際、見逃していた。気付きもしなかった。

どうか悪夢であってくれと願っても、現実は覆《くつがえ》らない。

扉の向こう、凌雲院の神兵と思しき者に囲まれてそこに立っていたのは、母子と思しき女と幼子であった。

己に刺さる視線を前にして、大きな目をきょとんと見開く幼児。
二、三歳ほどだろうか。可愛らしい男の子だ。
幼いながらにはっきりとした目鼻立ちは、どことなく長束に似ている。ただしその髪は長束の漆黒の直毛とは異なり、淡く透け、くるくると渦を巻いていた。

それが、その子の手を引く母親譲りのものであることは疑いようがない。

女は息子の手を引き、官吏達の間を進み、ゆっくりと上座へ向かって歩を進める。

彼女が身に纏うのは、服喪の装束だ。

ほとんど黒に近い着物の上を、朝の光を受けた滝の流れのように、香《こう》色の髪がゆるやかにうねって落ちている。体に触れる単《ひとえ》のみは純白で、袴《はかま》だけが萱草《かんぞう》色だ。重ねる小袿《こうちぎ》は、無紋の濃《こ》き鈍《にび》色。

柔い肌をしているのか、泣いた跡のある目元と唇は赤く、頰は薄く紅潮している。

長いまつげに縁どられた目はとびきり大きいが、その表情には憂いが濃く、多くの者の注目を浴びて怯《ひる》んでいた。怯みながらも、しかし、それではいけないと自らを鼓舞するように胸を張り、決然と歩を進める姿はいかにも健気で、どこか荘厳ですらあった。

華やかとは対極にある衣装でありながら、その母親は、子がいるとはとても思えないほど若く、輝くように美しい。

雪哉はその女を見知っていた。

彼女の容姿は、雪哉の知る頃から、奇跡のように変わっていなかった。

茫然とする長束の前を通り過ぎ、その母子は蔵人の隣、四家当主よりも上座に立った。

「この方は、陛下により格別のご寵愛《ちょうあい》を賜っておられる女君――」

恭《うやうや》しく、蔵人がその名を告げる。

「あせびの御方でございます」

かつて、奈月彦の登殿を引っ掻き回したあの女が、どうしてこんな所にいるのか。

「凪彦さまは、金烏陛下とあせびの御方の間にお生まれになった皇子です。つまりは」

——長束さまの弟君です、と。


「貴様、それでも我らが父か！」


長束が、御帳に向かって絶叫する。

声は大きかったが、それは怒号と言うよりも慟哭《どうこく》に近かった。

だが、これまでがそうであったように、息子からどんなに詰《なじ》られても、御帳内の金烏代は、返事ひとつ返さなかったのだった。

第六章　遺言

「これが偶然であるはずがない」

御前会議では不用意な発言を控えていた玄喜《げんき》だったが、内心では腸《はらわた》が煮えかえる心地がしていたのだろう。執務室に入った瞬間、そう言って頭を掻きむしった。

そこでは、北家当主玄哉《げんや》の他、次期当主玄喜、その長子である喜栄《きえい》の三人が雁首《がんくび》を揃えていた。急ぎ意見が聞きたいと連れて来られた雪哉《ゆきや》も合わせて、北本家の首脳がここに揃ったことになる。

「偶然ではない……」

静かに北家当主の言葉を繰り返し、でしょうね、と雪哉は力なく呟いたのだった。

これまで知らされていなかった皇子の存在を受けて、御前会議は紛糾《ふんきゅう》した。

誰よりも荒れる長束《なつか》を窘《たしな》めたのは、他でもない、南家当主の融《とおる》であった。

「見苦しゅうございますぞ、明鏡院《めいきょういん》。明鏡院の母君が、大罪人となり果てたのは紛れもない事実です。この上、あの者の思惑通りに明鏡院が即位するというのも道理の通らぬ話。驚きはしましたが、南家としては、凪彦《なぎひこ》さまの指名に否やはございません」

長束には視線も向けないまま、凪彦の存在にも一切動揺を見せずに言い切る姿に、ここまで仕組まれていたのだと悟った。

「出家済みでありながら、子を成すなど……しかも、相手は東家の姫ですと……？」

あり得ぬことです、と震える声で異論を呈したのは、西家当主だ。

「陛下が亡くなって、その動揺もおさまらぬうちに親王宣下《しんのうせんげ》など！　それならまだ、陛下の忘れ形見である紫苑《しおん》の宮さまを指名されたほうがよっぽどまっとうではありませんか」

「その通りだ！」

長束が喘《あえ》ぐようにして同意する。

「紫苑の宮が即位するならば、私が後見を務めよう。こんな、こんな馬鹿な話があってたまるか」

「お待ちを」

長束とは逆に、落ち着き払った声が響く。

それは、妹と甥の登場を穏やかに見守っていた、東家当主の声だった。

「まさかこんなことになるとは予想しておりませんでしたが……こうなってしまっては、東家としても、凪彦さまの即位に賛同せざるを得ません」

「白々しい」

　苛立ちに任せて長束は吐き捨てる。

「貴様、自身が権力を握りたいがために、父上にわざわざ妹をあてがったのだろうが」

　めっそうもない、と東家当主が弁明しかけた時だった。

「わたくしはただ、捺美彦《なつみひこ》さまの御心を慰めんとしただけでございます！」

　鈴を転がすような美しい声が割って入り、あちこちでハッと息を呑む気配がした。

　あせびの御方《おんかた》は、憂い顔のまま屈み込み、怯《おび》えた顔で周囲を見回す息子を抱きしめた。

「縁の浅からぬお方ですもの。奈月彦《なづきひこ》さまの御身に降りかかった災難に、我が身の引き裂かれるような心地がしております。まさかこんなことになるなんて、本当に、夢にも思っておりませんでした……」

　はらはらと涙をこぼす女は、天女のように麗《うるわ》しい。

　憐れな妹を慈《いつく》しむような目で見てから、東家当主は閉口する長束に非難するような視線を送った。

「恐れながら、妹をお召しになったのは主上《おかみ》であり、我らが進んで何かをした事実はございません。何より、私が我欲により凪彦さまの後見を務めんとしていると断じられるのであれば、それは紫苑の宮さまの後見になろうとなさっている、長束さまにも同じことが言えるのではありませんか？」

　それこそが高子《たかこ》の思惑だったのではと指摘され、長束は反論に窮した。

違う、とここで否定しても、それが何の意味もなさないことは明らかだった。

「では、私が姫宮の後ろ盾になれば良かろう！」

西家当主が苦し紛れのように言うも、東家当主はさらりとそれを躱《かわ》す。

「金烏《きんう》陛下より凪彦さまの指名があった以上、無理に女金烏などという構想を進める必要はございますまい」

何より、問題があれば白烏《はくう》は指名を認めないはず、などとのたまう。

「まずは何が正道であるか、白烏の判断を仰ぎましょう」

荒ぶる者を宥《なだ》めるように、東家当主は穏やかに微笑んだのだった。


「お前はこの状況をどう見る」

北家当主に問われ、雪哉は静かに答えた。

「北大臣《きたのおとど》のおっしゃる通り、今の状況は偶然ではないでしょう。南家と東家は、最初から裏で手を組んでいたと見るべきです。南家当主は、奈月彦さまと長束さまに見切りを付け、凪彦の政権下で利権を握ることを企んでいるものと思われます」

今になって、凌雲宮《りょううんぐう》にて南家当主の名を呆《ほう》けたように呼んだ高子の姿が思い出される。

どこまで関わっていたかは分からないが、滝本《たきもと》があれほど簡単に高子を裏切ったことの裏には、何らかの形で、南家当主によるお膳立てがあったのかもしれない。

「高子を使って奈月彦さまを弑《しい》し、長束さまを巻き添えにして失脚すれば、あの皇子凪彦を新しい金烏に据える名分が立ちます」

あの紫雲《しうん》の院こそが、彼らにとっての蜥蜴《とかげ》の尻尾だったのだ。

「南家当主は、汚れ役を引き受け、東家に花を持たせつつ、自身は実を取ったと……？」

まだるっこしい真似をするもんだ、と喜栄は呻《うめ》く。

「陛下の弑逆《しぎやく》から今日の凪彦の指名まで、全て、南家と東家の策略であったということか」

喜栄の言葉に「恐らくは」と雪哉は返す。

「ふざけたことを！」

玄喜は一声吠えて、黙ったままの北家当主を振り仰いだ。

「父上。こんな横暴を許容するなど、決してあってはなりません。断固、北家は戦うべきです」

「もし、白烏が凪彦への指名を承認するのであれば、我々は長束さまと組み、西家と連帯し、親王宣下には明確に反対すべきでしょう」

玄喜に力強く賛成する喜栄を、雪哉は「お待ちを」と厳しく制止した。

「正直なところ、白烏はすでに、東家当主達に与《くみ》しているのではないかと考えています」

今の白烏は、奈月彦の即位の直後にその座についた男だ。これまでに、真の金烏に対し不満を示したこともない。普通に考えれば凪彦への指名を承認するとは思われないが、雪哉にとって、想定外の事態が立て続けに起こっての現在なのである。

白烏の判断を仰ぎましょうと言い切った、東家当主の余裕の笑み。

真の金烏暗殺に始まって今に至るまで、雪哉は圧倒的に後手に回り続けていた。

急ぎ長束が白烏のもとへ駆けつけているが――おそらくは、もう。

「金烏陛下が指名し、白烏の承認を得たとなれば、凪彦は、正式に次の金烏代ということになります。そうなれば我々は、大義名分を失う」

反対すれば、こちらが叛逆者《はんぎやくしや》となってしまう。

弑逆の一件から今にいたるまでの流れが、仕組まれたものであるという見方はあくまで状況証拠によるものである。何より、すでに真の金烏弑逆の一件は、逆賊高子の処断によって落着してしまっているのだ。

正式に金烏代の指名を受け、白烏の承認を得た凪彦を旗頭に、その後見となった東家と、支援に回る南家に明確な瑕疵《かし》はない。

対するこちらの頭は、逆賊の母を持つ出家済みの長束に、姫宮だ。北家と西家が手を組めば一大勢力にはなるだろうが、明確な正当性を主張出来ない勢力は脆《もろ》い。

この構図で、政治抗争に勝てるという未来図が見えなかった。

しかしそれを聞いた玄喜は「そんなことか」と軽く笑った。

「全軍参謀を務めたお方が、何を言う。双方の武力の差は明らかではないか」

雪哉は、玄喜の顔に刻まれた皺をまじまじと見返し、しばし黙った。

性質《たち》の悪い冗談かとも思ったが、玄喜にふざけている様子はなく、喜栄もまた、大真面目な顔をしている。

「……何ですって？」

「戦いになったとしても、我々が勝つのは明らかだと言ったのだ。何も恐れることはなかろう」

そう力強く主張する玄喜の目は、迷いなく輝いていた。

「戦うとは、まさか、武器を取ることを前提としていらっしゃる？」

「他に何があると？」

これぞ北本家の本分ではないか、と興奮したように玄喜は言い募る。

「お忘れか。我々は役夫ではなく、武人なのですぞ！　山を畑に変え、堤を設けることが本分と思われては困る」

そう言う玄喜はしかつめらしい顔をしながら、どこかはしゃいでいるようにすら感じられた。

「正義はこちらにあるのだ。誇り高き武人、金烏に忠実な臣下たる所以《ゆえん》を、今こそ明らかにしなければなりますまい」

殊勝な体《てい》で、喜栄までもがそんなことを言いだした。

「お祖父さまだって、そう思われませんか？」

喜栄から視線を向けられた北家当主は、口を固く引き結んだまま低く唸《うな》った。

雪哉は、祈るような心地で祖父の髭面を見つめる。

もし、本気で北家が武力を持ち出せば、山内《やまうち》の状況はこれまでと一変する。

一揆の鎮圧とはわけが違うのだ。相手は四家の内の二家。山内を真っ二つにする混乱が生じるのは間違いなく、流血は避けられない。

何を馬鹿なことをと一蹴《いっしゅう》してくれ。

縋《すが》るような心地であった。

「まずは、白鳥の判断を仰がねばならんが……」

北家当主は、ゆっくりと口を開く。

「万が一、白鳥までもが乱心することがあれば、我々は鋤《すき》の代わりに、剣を取ることも考えねばならぬだろう」

雪哉は、己の耳を疑った。

ははあ、と玄喜と喜栄は声を揃えて頭を下げたが、その面持ちに悲壮な色はなく、ただ、純粋な高揚だけが浮かんでいた。

——こいつらは、何を喜んでいるんだ？

彼らの反応を、雪哉は愕然として見つめた。

どんな美辞麗句で飾っても誤魔化しようがない。彼らが求めているのは憂さ晴らしだ。

北家がこんなにも現状への不満を募らせていたことを、雪哉はこの時初めて知ったのだった。

＊　＊　＊

「私は、凪彦さまの即位を承認する心積もりです」

神祇官《じんぎかん》において長束の面会に応じた白烏は、平然とそう言い放った。

白烏はその名を表すように、純白に青摺《あおず》りの入った、長く裾《きょ》を引く装束を身に纏《まと》っている。山神《やまがみ》に仕える者として、いつもは神聖さを感じさせたその恰好が、今は白々しく見えて仕方がなかった。

「どうして……」

長束が振り絞った声は掠《かす》れていた。今日だけで、この言葉を何度口にしただろう。

白烏のことは、よく知っていたつもりだ。

神祇大副《じんぎたいふ》であった頃から、当時体を壊していた先代の白烏に代わり、猿との戦いに関連する現場にも頻繁に赴いていた。政治との兼ね合いもよく心得ており、奈月彦の統治にも協力的であったはずだ。

今になって、どうして裏切るような真似をするのか、全く理解が出来なかった。

「そなた、いつから奴らと手を組んでいた。どうして、こんな愚かな真似を！」

「本当に理解出来ませんか」

白烏は、どこか自らの痛みをこらえるような顔をして言う。

「今の山内の状況を作ったのは、他でもないあなた方だというのに。あの方は、己の行いの責任を取らされただけのこと」

「馬鹿な。そなたこそよく分かっているはずだ。山内の崩壊を食い止められる真の金烏は、奈月彦だけだった」

「奈月彦さまは、真の金烏などではなかった！」

私は知っているんだと言うその声には、根深い憎しみのようなものまで感じられた。

「継承されるはずの記憶もなく、その力も不完全。己の行いのせいで山内を滅びの淵に追いやっておいて、今更、自分しか助けられるものはいないなどと言う」

到底、認められるものではないと吐き捨てる。

「己が不完全な存在であると分かった時に、あの方は潔くその場を退くべきだったのです。それなのに、己の無能を隠したまま、負担を民草にばかり負わせ、山内を危険にさらし続けた……」

違うと言いたかった。

奈月彦は心底、山内の民を思い、己を殺し、ただ彼らのためだけに生きていた。

それが、事情を知っていたはずの白烏にすら何も伝わっていなかったということが、こうなってしまった事実を前にしても長束には信じられない。

「今の山内には、完全な、新たな金烏が必要なのです。それなのに、ろくに子どもをつくろうともせず、果ては娘可愛さに女金烏などと馬鹿なことを言い出す始末。それを諫《いさ》めようともせず、喜んでいるあなたもあなただ。宗家《そうけ》としての責務を放棄しているに等しい」

――我々を絶望させたあなた方が悪い。

そう言わんばかりであった。

長束が、ほとんど呆然としながら神祇官を出たところで、こちらへ向かっていた雪哉と出くわした。

白烏の意向を聞いた雪哉は、どこか疲れ切った様子で「そうでしょうね」と力なく返した。

「ここに至るまでのことが、全て東家当主と南家当主の思惑通りなのでしょう」

「北家当主は何と？」

「白烏が承認するならば、西家と手を組んで挙兵すべきと」

足元からぞわぞわと冷たいものが這い上がるのを感じる。

「正気なのか」

「正気なわけがないでしょう」

おかしくなっているんですよと言って、雪哉は長束を睨み、尋常ではない力を込めて拳を握り締めた。

「とっくの昔におかしくなっていたのに、我々はそれに気付かなかった。怠慢もいいところだ。己の無能に反吐《へど》が出る――！」

一瞬、雪哉は苛烈に吐き出して、しかしすぐに、押し殺した声音に戻った。

「……山内にとって最善の道と信じてやって来たことが、全て、裏目に出ているのです。潔く認めましょう。我々はやり方を間違えた。それも、決定的に」

 では、どうすれば良かったというのだろう。

山内の民を思い、ひたすらにやって来たはずだ。時、ここに至っても、何が間違っていたのか、長束には分からない。

「これから、どうすればいいのだ……」

己のものとは思いたくないような、情けない声が出た。

このまま手を拱《こまね》いていれば、山内には動乱の時代が来る。

かといって、凪彦の即位など、認められるわけがない。

雪哉が暗い面持ちで口を開きかけた時、「長束さま!」と、鋭い声が響いた。

顔を上げれば、大慌てでこちらに向かって駆けて来る者がいる。

それは、紫苑寺《しおんじ》にて浜木綿《はまゆう》の御方と紫苑の宮の警護についていたはずの治真《はるま》だった。

「大変です。浜木綿の御方が紫苑の宮さまを連れて、紫苑寺を出てしまわれました」

言われたことの意味が分からなかった。

「な、何だと?」

「何とかお止めしようとしたのですが、無理やり馬に乗ってしまわれて——」

雪哉の顔を見るが、彼も顔から血の気が引いている。

「今はどこに」

雪哉の鋭い声に、治真は顔を歪《ゆが》めて答える。

「今は、女房と護衛を引き連れ、招陽宮《しょうようぐう》におられます」

＊　＊　＊

日嗣《ひつぎ》の御子《みこ》のための宮殿である招陽宮は、中央山《ちゅうおうさん》の突き出た、巨大な瘤《こぶ》の上に建てられている。

馬に乗ってそこに無理やりに入り込んだという浜木綿は、瘤の先端に位置する本殿を占拠しているという。

話を聞くや否や、雪哉は鳥形《ちょうけい》に転身《てんしん》し、治真と共に直接招陽宮へと向かった。

降りしきる雨の中、真っ白な霧を裂くように空を飛ぶ。

岸壁に食い込むようにして建てられた本殿、その最上部には回縁《まわりえん》のついた天守やぐらがある。

飛びながら中を見れば、女房と護衛に囲まれた姫宮の姿があった。

「姫さま」

人形《じんけい》に戻り、高欄《こうらん》を乗り越えて室内に入った雪哉を見るや、姫宮は今にも泣きそうな顔になった。

「雪さん！」

雪哉は、駆け寄ってきた姫宮の両肩をつかみ、屈んで目線を合わせた。

「何があったのです」

「お母さまが、わたくしはここにいるべきだとおっしゃったの」

唾を飲み込み、周囲を見回す。

女房も、山内衆《やまうちしゅう》も、いずれも不安げに雪哉を窺《うかが》っていた。

「浜木綿の御方は、今どちらに」

菊野《きくの》が口を開きかけた時、「ここにいる」と、いっそ穏やかな声が響いた。

奥の几帳《きちょう》の陰から姿を現した浜木綿が纏《まと》うのは、ほとんど黒に近い濃き鈍《にび》色の単《ひとえ》に、同色の小袿《こうちぎ》だ。

解き放したままとなっている漆黒の黒髪と相まって、まるで、羽衣《うえ》姿の山烏《やまがらす》のようだと思う。

「姫さま。どうぞこちらに……」

菊野が姫宮の手を取り、護衛らと共に階下へといざなう。姫宮は母と雪哉を不安そうに振り返ってから、そのまま大人しく階段を下りていった。

足音が完全に聞こえなくなるのをじりじりと待ちわびて、雪哉は口を開いた。

「何を考えているんです！」

いつか姫宮が招陽宮に入ることは想定されていたが、それはあくまで、正式に日嗣の御子として指名を受けてからの話だ。父である真の金烏が弑逆された今、その妻と子が無理やりに招陽宮に押し入るというのは、あまりに道理が通らない。

「次の金烏になるのは、私の娘だ。あるべき所にあって、一体何が悪い」

浜木綿の態度は、一見して落ち着いているように見える。

だが、こちらを見る目の色は、雪哉の記憶にあるものとは全く異なっていた。

「姫宮殿下は、日嗣の御子としての指名も、次の金烏としての指名も受けてはおりません。ここを占拠する正当性はどこにもない」

「奈月彦を殺した連中の言うことを、お前は大真面目に聞くというのか？」

殺した者勝ちではそれこそ道理が通らないと、そう言う浜木綿の目はひたすらに昏《くら》い。

「正当性がないと言うのならば、今ここで作ればいい。そなたに忠心が残っているのならば、山内衆を呼び集め、羽林天軍《うりんてんぐん》を動員し、なすべきことをなせ。主君の仇を討ち、山内全土に、姫宮を女金烏として認めさせるのだ」

雪哉は絶句した。

「……怒りで頭がおかしくなったのか？」

つっかえながら、声をふり絞る。

浜木綿は今、力ずくで、金烏の座を奪い取れと言ったのだ。

「先に仕掛けたのはあちらだ。奪われたものを、取り返すだけのこと。長束もいる。明鏡院の神兵と北家の力があれば、叶うはずだ」

馬鹿な、と雪哉は怒鳴った。

「現実を見ろ。四家のうち、半分が明確に寝返っているんだぞ。朝廷《ちょうてい》の半分が、これまでの統治に不満を持っていた。我々のやり方そのものに問題があったということだ。一時的にその座を取り返せたとして何になる。朝廷が大人しく女金烏を受け入れるはずがない……！」

女金烏の構想は、あくまでも長く安定した真の金烏の統治のもと、慎重に検討されて初めて現実的になるものだった。真の金烏が殺された時点で、実現の道は閉ざされたのだ。

浜木綿の言う「仇討ち」を行えば、山内に動乱の時代がやって来ることは避けられない。

ただでさえ、山神の死と山内の崩壊がいつやって来るか分からないというのに！

「では、このまま奴らの思い通りになれと言うのか！」

浜木綿が、いきなり激昂した。

「ふざけるな。ふざけるなよ。奈月彦は殺された。理不尽に命を奪われたのだ。よりによって、あの女の息子を金烏代にするために……！」

こんなの許せるわけがないと、髪を振り乱して言い放つ。

「お前は、奈月彦を殺されて何も思わないのか」

睨まれ、言い返そうと口を開きかけ、急にひどい虚しさに襲われた。

そんなことも分からないのかという徒労感。そして、あまりに自分と彼女の間で見えているものが違い過ぎる、という絶望感があった。

――この女、よりにもよって、個人的な恨みで軍を動かそうとしている。

笑い合い、共に姫の手料理を分け合った日が、今はなんと遠いことか。

「あんた、そんなひとじゃなかったはずだ……」

ぽつりと漏れた声には、どうにも力が入らなかった。

「生きてさえいればいいと、陛下に言ったんじゃなかったのか」

「そうだ。これは生きるため――娘を生かすための方策だ」

「嘘だ」

雪哉は、ゆるゆると首を横に振った。

「あんたはただ、やけになっているだけだ。認めて下さい。我々は負けたんです。今すべきなのは現実を受け入れることであって、間違っても、武力に任せて恨みを晴らすことじゃないはずだ」

今、この母子に出来ることはひとつだけ。

「お逃げなさい。娘を連れて」

「それは出来ない」

祈るような気持ちで告げた言葉を、浜木綿は無碍《むげ》に切り捨てた。それどころか、お前こそ何も分かっていないと確信を込めて断言する。

「反旗を翻す恐れがある者を、奴らは決して許しはしない。こうなった以上、娘は山内では生きていけない。娘に、怯えながら一生を送らせてなるものか」

「山内が駄目なら、外界に出ればいい！」

「外界への門を所有しているのは南家だ。奴らはどこまでも追って来る。たとえ外界でも同じことだ！」

雪哉は、浜木綿は外界を見ていないからそんなことを言うのだと思った。

なんとか説得しようとしたが、浜木綿は必死で言い募る雪哉を、むしろ憐れむように見返すのみである。

「現に、私は逃げられなかった」

そう呟く彼女の瞳は透明だ。

まるで呪いのように、逃げられるわけがないと、彼女は頑《かたく》なに信じ込んでいるようだった。

――浜木綿の両親は、真実か否か分からない罪で失脚している。

それによって、当主の座を奪い取った者こそが、現南家当主、融《とおる》なのである。

当時幼かった浜木綿は、羽母《うば》の機転で逃げ出した。だが、山烏《やまがらす》に混じって成長したにもかかわらず、結局は南家当主によって呼び戻され、利用されてしまった。

「娘に、私と同じ思いはさせない。戦わねばならぬ。奴らの行いを、断じて認めてはならぬ」

「姫宮のためなら、山内を戦火に投じてもよいとおっしゃる……？」

弱々しい雪哉の問いかけに、浜木綿はひたと強い視線を返す。

「それが、必要であるならば」

双方が睨みあったまま、空気が張りつめた時だった。


「奈月彦の遺志に従ってはどうかな？」


ここで聞くはずのない声に、驚いて振り返る。

下の階へと繋がる階段から、鼻高の赤い天狗《てんぐ》面が覗いていた。

「潤天殿《じゅんてんでん》」

やあ雪哉、と天狗面を外すと、髪を染めた、若々しい男の顔が現れた。身に着けているのは、白の鈴懸《すずかけ》だ。

「お初にお目にかかる、浜木綿の御方。私は大天狗《おおてんぐ》の潤天と申します。ご夫君が少年だった頃から仲良くさせて頂きました」

此度《こたび》の件、心よりお悔やみ申し上げる、と戸惑う浜木綿に向けて頭を下げる。

そういえば、天狗から今後の話をしたいと申し出があったことを思い出す。本来であれば今日話し合いの場を設けようとしていたのが、緊急の御前会議の報せを送った時点で、流れてしまったものとばかり思っていた。

どうしてこんな所に潤天がいるのかと訝《いぶか》しんでいると、その背後から眉間に皺を寄せた長束が姿を現した。

「潤天殿は、鴻臚館《こうろかん》に待機しておられたのだ。どれだけ待っても構わぬ、なるべく早く話がしたいとおっしゃるゆえ、時機を見てそなたも呼ぼうと思っていたのだが……」

御前会議の内容によって、それどころではない状況になってしまった。

「何が起こっているのか、小耳に挟んでね。今こそ私が必要なのではないかと思い、駆けつけた次第だ」

実は、なるべく早く話がしたいと言ったのはそれが理由だと大天狗は言う。

「私は、生前の奈月彦から遺言を預かっている」

「は」

思わず声が出た。浜木綿も呆気にとられた顔をしている。

「そんなものがあるなど、夫からは聞いたことがない」

「まあ、預かったのが、君達からすれば部外者の私だからね」

大天狗は苦笑した。

「政治的なアレコレについては、しかるべき所に指示がしてあるのだろう？　だからこれは、あくまで奈月彦が奈月彦として、個人的に遺《のこ》したもんだ。もし、自分の身に何かあって……」

そこで一度口を閉ざし、雪哉、浜木綿、長束の順に顔を見回す。

「……何かあって、君らの間で意見が分かれたら、渡してほしいと言われた」

そうならないようにとアイツは願っていたはずなんだがね、と大天狗は物憂《ものう》げに呟く。

――では、あの男は生前、こうなることを予測していたというのか。

「それは、本当に陛下の手によるものなのですか？」

疑うような言葉が口をついて出たが、大天狗は気分を害した様子もなく頷いた。

「そう言われるだろうと思ってね、ちょいと、特殊な仕掛けがしてあるのさ」


招陽宮本殿において、もっとも大きな広間に関係者は集められていた。

上座も下座もなく、浜木綿とその女房達、長束とその配下の神官、そして雪哉と山内衆が自然と固まり、中央に腰を下ろした大天狗と、それに相対する姫宮を囲む形となっている。

端座する大天狗の前に置かれている黒一色の箱にこそ、金烏の遺言が入っているという。

大きさは文箱程度だが、その表面は絹のように滑《なめ》らかな何かで覆われ、継ぎ目も縫い目も見当たらない。

外界の技術かとも思ったが、その黒い光沢は、どうにもよく見知っている気がした。

「奈月彦は、最初に外界に出た時、己の特別な力が外界で通用するか、あるいはうまくそれを利用出来ないかと、色々なことを試していた」

自分を囲む者達に、大天狗は滔々《とうとう》と説明をする。

「あいつは真の金烏だったからか、普通の八咫烏《やたがらす》じゃ出来ないことも出来たわけだ。山の端《は》から山内に出入りしていたし、外界でも転身可能だった。羽衣《うえ》も、普通の奴なら消えちまうらしいが、あいつの場合、自分の体のどこかが触れていれば、勝手になくなることもないと気付いた」

そこで考えたのが、この箱だったのだという。

「俺は勝手に『血盟箱《けつめいばこ》』って呼んでいる。あいつには趣味が悪い名付けだと言われちまったが、実際、これには奈月彦の血が使われているんだ」

中に手紙を入れた文箱を用意し、それを包むように羽衣を編む。そこに少量の血を垂らすと、いつまで経っても羽衣の消えない、縛《しば》り目も縫い目も存在しない文箱が出来上がるのだという。

「正直、絶対に見られたくない文書を入れても実用性はない。破っちゃえばいいだけだからね。ただ、一度破いてしまったら、他の者には修復出来ないから、封印という意味では非常に有用だ」

そして、奈月彦はこの仕組みを用いて、遺言を封印することに決めたのだった。

「初めて聞いたんじゃ、信用出来ない部分はあると思う。だが、こいつは間違いなく奈月彦の羽衣によるもんだ。他の誰にも、羽衣をほどくことは出来ない」

たった一人を除いてね、と大天狗は視線を紫苑の宮へと向ける。

真の金烏の愛娘は、大きな目を瞬いた。

「わたくし……？」

「そのはずだよ。試してみなさい」

その前に、長束が血盟箱を検《あらた》める。

ひっくり返し、触ってみるが、その黒い箱に変化はない。

続いて雪哉が触り、確かにその表面が羽衣で出来ていることを確かめた。

浜木綿が触れ、矯《た》めつ眇《すが》めつし、最後に姫宮の手元に置かれる。

「いつも、羽衣を解く時のように触ってごらん」

大天狗に促され、姫宮は緊張した面持ちで血盟箱へと手を伸ばす。

姫宮の、白く小さな指先が触れた瞬間、箱を覆っていた黒い部分は、まるで水の中に溶け出すかのように黒い靄《もや》をたなびかせ、一瞬にして消えていった。

「おお」

誰かが感嘆の息を吐く。

姫宮の手元に残っているのは、白木の小さな箱であった。

その蓋を取れば、中には薄っぺらい、二つ折りにされた白い紙が置かれている。

心臓の音を聞きながら、雪哉はそっと唾を呑む。

この小さな紙切れは、自分にとって救済に他ならない。

真の金烏が、己の死後に妻や兄、部下の間で意見が対立する未来を予見していたとするならば、雪哉に判断を任せてくれているだろうという自信があった。

万事を一任するとまでは言わないが、少なくとも政治的な判断は自分に委ねられるはずだ。

それが難しければ、ただ一言、「山内の平穏を優先せよ」と書いてくれているだけでもいい。

それで、浜木綿を説得出来る。

姫宮が、そっと紙に手を伸ばし、それを開いた。

じっと紙を見つめ、その可憐な唇が開かれる。


「全て、皇后の思うように」


わあっと、周囲から一気に声が湧き上がる。驚愕《きょうがく》と困惑の入り混じるようなその音は、靄がかかったかのように遠く感じられた。

他の者の反応を気にしている余裕はなかった。

気付けば、姫宮の手から紙を取り上げていた。

どこにでもあるような白い紙に書かれた文字は、見覚えのある主君の筆跡《て》だ。その内容は何度見ても変わらない。

――全て、皇后の思うように。

一体、何の悪い冗談かと思った。

「当然だ」

愕然とする雪哉に、浜木綿の声が届く。

じっとこちらを見る彼女の顔に驚きはなく、どこかこちらを蔑《さげす》むような、あるいは憐れむような、複雑な色が浮かんでいた。

「お前はただの一度だって、奈月彦を選ばなかった」

その言葉の意味を理解した途端、泥水の中に落ちたかのように、世界は色を失った。

こちらを冷たく見やる浜木綿も、大口を開けて何事かを言い交す女房と山内衆達も、全てが白黒に感じられる。

そんな色褪せた彼らの向こうに、浅葱《あさぎ》色《いろ》の短袍《たんぽう》を着た、癖っ毛の少年の姿が見えた気がした。

そういえば、近習《きんじゆう》だった頃の自分は、今よりもずっと生意気で、奈月彦の命令にもいちいち反発していたものだった。官服の袖をくくりあげて、あちこち飛び回っていたあの頃。

「あーあ」

小生意気な顔に呆れを滲《にじ》ませて、彼は頭の後ろで手を組む。

そして、かつての雪哉は言った。

「だから、駄目だと言ったのに」

＊　＊　＊

よろめきながら外に出た。

階段を降り、廊下を出て、淡い青から紫の花の紫陽花《あじさい》が見頃の庭へと下りる。

かつて、自分がここで水やりをした鉢植えは、そう言えばどこにいっただろう。

頭が痛かった。激しい雨が顔を容赦なく打っている。雪哉の主君が死んだ時と同じように。

自分は、忠誠を誓ったその日から、主君に全てを捧げてきたつもりだった。

地獄までお供すると誓ったのだ。自分の持てる力の全て、魂の最後の一欠片《ひとかけら》がなくなるまで尽くすと誓った。

――それなのに、どうして最後の最後に、彼は信頼を返してくれなかったのだろう。

そう思った途端、鈍り切った頭の奥で、どこかで聞いたような話だと思った。

『君もいつか、分かる時が来る。この宮中で生きていれば、必ず』

ああ、雪哉が近習だった頃、そう言って暴走していた愚か者がいたな。

主君のためだと嘯《うそぶ》いて、結局自分の欲望に目のくらんでいた男。頭がよくて、利に聡《さと》くて、自分勝手なのにそれを認められず、美しい言い訳に終始していた。

自分の欲望を押し付けながら、己は忠臣だと信じ込もうとしていた男の姿は滑稽《こっけい》だった。

宮廷人として賢い選択をし続けた結果、ああなってしまったというならば、馬鹿で上等だと思ったものだ。

ああはなるまいと、そう思っていたはずだったのに。

――自分は、一体いつから、馬鹿ではいられなくなっていたのだろう？

足を止める。

いつの間にか、離れの前庭に出ていた。

濡れそぼる離れは、かつて、若宮が寝起きし、自分と護衛の澄尾《すみお》の三人が生活していた場所だ。

寝起きの悪い、主のしょぼしょぼした顔。投げられた金柑《きんかん》。毎日のきつい仕事。理不尽な命令を下す、すまし顔。城下に出向いて三人で分け合ったあんこ餅。共に膝を抱えた雨宿り。屈託のない笑顔。笑顔。笑顔。

あそこにいた頃、まだ自分は正気であった。あの頃は、まだ奈月彦が見えていた。

だが、不知火《しらぬい》の見える断崖で忠誠を誓ったあの瞬間、彼は寂しそうな顔をした。

それを愚かにも自分は、親しみが失われることへの寂しさだと思い上がった。

そうじゃない。そうではなかった。

あれは、結局、雪哉が奈月彦に心を捧げてくれなかったことを悲しんでいたのだ。

実際、自分はあの男を――奈月彦のことを、まるで見てなどいなかった。真の金烏という『力』に頭を垂れたのであって、仲間になって欲しいと請うてくれた男そのひとを、真摯《しんし》に見ようとしたことは、ただの一度もなかったのだ。

あの男にはそれを見透かされていた。

そりゃ、全く信頼されていなくて当然だと、乾いた笑いが漏れる。

勝手に死なれた今になるまで、気付かなかった自分がお笑い種《ぐさ》だった。

忠誠を誓ったはずだ。全てを捧げたはずだ。

――でも、自分は一体、何に魂を捧げていたんだろう？

＊　＊　＊

治真は、蹌踉《そうろう》とした足取りで庭へと出ていく雪哉の後を遠巻きに追った。

ぼんやりとした表情で歩く彼が、その実、多くのことを考えているのは分かっていた。

今は亡き主君が、雪哉ではなく浜木綿の御方を選んだのは意外だった。あの聡明な主君らしからぬ選択だとも思った。

だが、このまま皇后の命令通りに雪哉が動くはずがなかった。

「雪さん！」

悲鳴のような声がした。

泥を跳ね飛ばしながら、姫宮が治真を追い越していく。

立ち尽くす雪哉に触れる寸前に、思い留まったように姫宮は足を止める。

「雪さん――雪哉。どうか、戻って下さい」

ここは濡れます。戻りましょう、と必死に言いつのる。

そう言う姫宮こそ、雨に濡れつつあった。

いつもならすぐに彼女を抱えて屋根の下へ連れて行くであろう雪哉は、しかし、姫宮の顔を凝視したまま動かない。

姫宮も、それを不審がるでもなく――ただ、どこか不安そうに、まっすぐに、雪哉を見返していた。

「姫さま」

ややあって、雪哉は静かな声を出した。

「私と、逃げては下さいませんか」

姫宮が息を吞む。

治真も、信じられない思いで雪哉を見た。

その表情からは何を考えているのか読み取れなかったが、治真には、彼の目が今にも泣きそうな、縋《すが》るような光を湛《たた》えているように思えてならなかった。

永遠にも思われる時間だった。

姫宮は何度も喘《あえ》ぎ、やがて、蚊の鳴くような小さな声で、出来ません、と答えた。

「そうですか」

雪哉の表情は変わらなかった。だが、その目から、決定的に光が失せた気がした。

ふう、と深く息を吐き、姫宮に背を向け、紫陽花の群生の中へと歩き出す。

姫宮は、その場から動かなかった。

雪さァん、と、悲痛な声で呼ばれても、雪哉はもう振り返らなかった。


淡い青紫の紫陽花の波の中を、雪哉はずんずんと進んでいく。

その様はまるで入水のようで、ひどく不吉に思えてならなかった。

何と声を掛けるべきかも分からず、治真はただひたすらに彼の後を追った。

前触れもなく、雪哉は足を止めた。

そして、唐突に笑いだした。

雨雲の渦巻く天に向かって大口を開け、降りしきる雨を食べるように笑う。

治真は呆気にとられた。

けたたましい笑い声が雨音を消し去るように響き渡る。

雪哉は本当に愉快そうで、長い付き合いの中でも、彼がこんな笑い方をしているのを見るのは初めてだった。

体を震わせ、何度もむせ、内臓までをも全て吐きそうになっても笑い続ける。それはまるで、命を燃やすかのような、異常な笑い方だった。

「あーあ……」

小さく呟いてようやく笑い止んだ時、雪哉は、治真の知っていた雪哉ではなくなっていた。

治真がついて来ていたのは分かっていたのだろう。

ゆっくりとこちらを見た雪哉の瞳は、異様なほどに凪《な》いでいた。

「治真」

とても静かな呼びかけだ。声色は穏やかですらある。

「お前は、誰につく？」

その一言で全てを察した。

瞠目して駆け寄り、ぬかるみの中、その足元に膝を突く。

「あなたさまのほかに、一体誰がおりましょう？」

――わたくしの忠誠は、あなたさまのものです。

そう言って雪哉を見上げた治真は、その眼差しの冷たさにぎょっとした。

言い方を間違えたのかもしれない。そうは思っても、それ以外の言葉を、自分は持たない。

必死な想いを込めて見上げ続ければ、やがて、雪哉のほうが視線を外した。

「良かろう」

では、私のために働いてもらおうか、と。

＊　　＊　　＊

「雨、やみませんねえ」

小梅《こうめ》はその時、厨《くりや》にて夕飯の支度をしながら、格子戸の向こうを見ていた。

一定の低音を響かせて降りしきる雨の中を、小走りに下人達が行き来している。

東家朝宅《ちょうたく》の夕餉《ゆうげ》の時間は決まっているが、今日は東家当主が朝廷から帰って来て以来、少し慌ただしい。

「何かあったんでしょうか」

「金烏陛下がお亡くなりになったんですもの。きっと、我々には思いもよらないようなことが起きているのでしょう」

そう言ったのは、数日前に朝宅にやってきた、霞《かすみ》と名乗る女だ。

奉公先の宮烏《みやがらす》の子女が嫁いだため、一時的にこちらで手伝いをすることになったのだという。

どんな仕事も手際よくこなす働き者だが、宮烏に長く仕えていたというだけあり、物腰には品があった。

「でも、東家はお館《やかた》さまがしっかりしていらっしゃるから、何があっても大丈夫ですよ」

彼女がにこりと微笑むと、色の白い頬にはっきりと笑窪《えくぼ》が浮かんだ。

「ええ、そうですね……」

そう言いながら小梅が考えていたのは、崩御《ほうぎょ》された金烏近くに仕えていた、雪哉のことである。

かつては小柄で少年らしい少年だった雪哉は、久しぶりに再会してみれば、落ち着きのある立派な武人となっていた。

東家当主は「せっかく縁がつながったのだから」と肯定的に評してくれているが、苦い記憶、などという簡単な言葉では到底言い表せない過去の一時期を共有した相手である。

無邪気に喜ぶのも違う気がするし、今となっては、彼と好い仲になろうなどと大それたことを考えているわけでもない。しかし会えば嬉しいのもまた事実なので、彼のことを思うとなんともむず痒《がゆ》い心地がするのだった。

その雪哉が、身命《しんめい》を賭《と》して仕えていた主君が亡くなった。

一体どうしているだろうかと、心配だった。

そんなことを考えているうちに、頼んでいた野菜が届けられたと報せが入った。雨の中、小走りに門まで確認に出向く。

つと、舞い降りて来た一羽の大烏が、門の前で鳥形を解いた。

「雪哉さま」

ずぶ濡れの短髪を掻き上げたのは、つい先ほどまで小梅が考えていた相手だった。

雪哉は小梅に気付くと小さく微笑み、「ご当主に取次をお願い出来ますか」と言った。

「ええ――もちろん、はい」

挨拶もなかったが、気安く口を利ける雰囲気ではなく、慌てて奥へと走った。

以前会った時と同様、雪哉の物腰は穏やかだった。

だが、その気配はまるで別人だ。

小梅は彼を見た瞬間、恐い、と思ったのだった。

＊　＊　＊

「きっと、いらっしゃると思っていましたよ」

そう言って、青嗣《あおつぐ》は笑って顔を上げた。

こちらに近付いてくる雪哉は、全身雨に濡れている。

いつかと同じように、濡れ縁には酒を用意してあった。

「ご一緒にいかがですか」

場合によっては怒鳴り散らすぐらいのことはするかと思ったが、彼は異様なほどに静かだった。

下女に渡された手ぬぐいで髪を拭い、臆することなく青嗣の対面の円座《わろうだ》に腰を下ろす。

「貴殿らには負けました」

まさか、ここまでしてやられるとは思わなかった、と雪哉は薄く笑いさえする。

「完敗だ。全く、ぐうの音も出ない」

「いやはや。なぜ、雪哉殿が敗北感を感じられる必要があるのか――」

「白々しい猿芝居は今すぐやめろ。私を敵に回したいのか？」

その内容に反し、全く強い口調ではなかった。

彼の物憂げな眼差しに、建前はもう必要ないことを悟る。

「――奈月彦さまや、あなたが見逃していたもの。それは、四家の重みです」

真の金烏、奈月彦はそれを軽んじた。

彼の御代《みよ》になってから、四家の負担は急激に増大した。山内を守るためという名目上、四家は協力をせざるを得ないが、これまで通りとはいかない負担に、軋《きし》みが生じていたのだ。

山内は、いつか崩壊するという。

だが、いつかとはいつだ?

真の金烏とその側近達には、未来の何かが見えていたのかもしれない。しかし、現在の重みに苦しむ四家の現状は、全く見えていなかった。

大なり小なり、四家は奈月彦に対し不満を抱いていた。

莫大な資金を拠出することになった南家に東家。

猿との大戦で武人の誇りとやらを味わった北家は、役夫の代わりとさせられることに鬱憤を溜めていた。

奈月彦に好意的だった西家でさえ、金策には関わらない事業に優秀な職人を割くことには頭を悩ませていたのだ。

延々と徒労を繰り返すのみの現状に、辟易《へきえき》もするというものだ。

「雪哉殿が負けるのは当然です。あなたは生まれて、高々三十年。こちらは山内開闢《かいびゃく》以来の積み重ねがあるのですから」

先代、先々代から積み重ねて来た人脈と謀略の糸の数々に、一朝一夕で立ち向かえるはずがないのだ。

しかし、それを言われた雪哉は悔しがるでもなく、うんざりしたように首を横に振った。

「奈月彦を殺されたこと自体は、もはやどうでもいい。南家が高子《たかこ》を利用し、東家が凪彦を用意する。役割分担が出来ていたのだろう？」

それだけ多くの協力者がいたということだ、と雪哉はぞんざいに言い捨てる。

「我々が無能だったから殺された。ただ、それだけのこと。奈月彦の統治は失敗していた。失政の責任は取らねばなるまい」

今の雪哉に、主君の死を悲しむ様子はどこにもなかった。

「それは……随分な言いようでございますね」

青嗣を見て、雪哉は酷薄に笑う。

「何を今更。貴殿がこんな強硬策を取られたのは、そもそも、私がこうなると予想されていたからだろう？」

さらりと断言されて、青嗣は口をつぐんだ。

正直なところ、そこまで分かっているのか、と少し感心した。

確かに、青嗣がここまで大胆な策に打って出たのは、雪哉の性格によるところが大きい。

雪哉は、愛情深い男である分、弱みが多い。そして、合理的であるがゆえに、付け込む隙もまた多いと見込んでいた。

そう動かざるを得ないようにお膳立てしてやれば、彼は利用しやすい部類なのだ。

どんなに憎い相手だろうが、どれほど恨みが深かろうが、雪哉は、目の前に実があれば、それを過《あやま》たず手にとれる男だ。たとえ主君を殺されようが、仇討ちのために山内全体を巻き込むことはしないだろうという確信があった。

雪哉がいる限り、北家が暴走することはない。いわば、北家への重しとして、十二分に機能すると判断したのだった。

もともと、籠絡《ろうらく》には自信があった。最初は難しいだろうが、いくらでもやりようはあると。

当初の予想では、彼は怒り、青嗣を憎みながらも、手を組むしかないと苦渋の選択をしてここにやって来るはずだった。

宥《なだ》めすかし、少しの鞭《むち》を匂わせ、たっぷりの飴を与えれば、それで陥落するだろうと思っていたというのに。

平然と酒を口にする雪哉は、青嗣の思惑通りにことが運んでいるにもかかわらず、全く応えているようには見えなかった。

「北家は抑える。凪彦にも即位はさせる。浜木綿と姫宮は表舞台から消えて頂く。それでよいな？」

いきなりこれほどふてぶてしくなるというのは、予想外だ。

「正直、あなたがここまで協力的だとは思っていませんでした」

思わず呟けば、「協力的？　馬鹿を言え」と鼻で笑われる。

「これからは、貴殿が私に協力するのだよ」

青嗣は雪哉を見た。

その気配は、花祭りの晩とは性質がまるで異なっていた。

「何か勘違いしておられるようだが、私は、四家のやり方を否定していたわけではない。ただ、あえてそれをしようとしなかっただけのことだ」

だが、それで足をすくわれてしまった。

「認めよう。確かに私は負けた。だから、今度はそちらの流儀で戦うと決めたのだ」

私にそれが出来ないとでも？

そう、傲岸《ごうがん》に言い切った雪哉は、あまりに貴族的だった。

「誰かを殺さねばうまく回らぬというのなら、誰を殺すのかは私が決める」

仲間にはなれなくとも協力は出来ると言ったのはそちらだろうと、雪哉は茶化すように言い、それから優雅に微笑んだ。

「ここから先は、私にやらせなさい。きっと後悔はさせないから」

――自分は、龍の鬚《ひげ》を撫でたのかもしれない。

青嗣の背筋を、冷たい予感がすうっと撫でていった。

＊　　＊　　＊

「あの横暴を受け入れろと言うのか？」

突然言い渡された孫の言葉に、玄哉は猛烈な反発を覚えた。

北家の朝宅である。

白烏の決定を受けた玄喜と喜栄は、羽林動員の準備をするために既に出払っている。

玄哉も身支度を整え、息子らに合流しようとしていた矢先、治真という山内衆が雪哉の伝言を持ってやって来た。しばし動くなというそれを不審に思いながら待っていれば、遅れてやって来た孫は、開口一番に「お考え直しを」と言ったのだ。

雪哉は、自らの主君を弑《しい》した連中の思惑に乗り、凪彦の即位を認めるようにと迫った。

「報復すれば、それもまた横暴になりましょう」

それは不忠だ、と怒鳴りつけても、雪哉は寸毫《すんごう》たりとも動揺を見せはしなかった。

「この状況下で兵を動かせば、必ずや血が流れます。直接、陛下の暗殺に関わっておらずとも、凪彦の即位に賛同している輩《やから》が多く存在しているのは事実です。どんなに理不尽に思えても、朝廷の半分を相手に戦うことがどれだけ不毛か、分からぬ大将軍《たいしょうぐん》ではないでしょう」

玄哉は唸る。

「しかしそれは、理不尽を受け入れろという意味ぞ」

「違います。いずれ理不尽を糺《ただ》すために、今は耐えるべきだと申し上げているのです」

雪哉の返答はよどみなかった。

「今は凪彦の即位に賛成し、その御代においていかに北家の基盤を固めるかに注力すべきです。

そこで力を付ければ、いずれ、この常軌を逸した陰謀の全てを明らかにする機会も訪れましょう」

「しかし……」

「お館さまも、玄喜さまも喜栄さまも、大局を見据えながら、現場の声をよく聞く優れた指揮官でいらっしゃる。安易な武力行使は、最も忌むべき下策だとお分かりのはずです」

雪哉は、玄哉の顔を真正面から見据えて言う。

「お祖父さまは、猿との戦いで血を流し、そうして築き上げてきた山内の平穏を、私自ら破壊せよとおっしゃるのですか？」

玄哉は言葉を失った。

眼前の雪哉の目には諦めが浮かび、どこか憂いを帯びている。

――これの目に見えている世界は、儂《わし》が見ているものとは異なる。

それに気付いた瞬間、先祖代々の太刀を佩《は》き、高揚していた気持ちが急速に醒めていくのを感じた。

無言で見つめ合う間に、この雪哉こそが、奈月彦に最も忠実な臣下であったことに今更のように思い至る。

奈月彦を殺されて、今、最も怒り、復讐したいと考えているのは彼なのだ。

それに気付いてしまえば、もう、息子達の意見を優先させることは出来なかった。

「……分かった。新皇子の即位を、認めよう」

「ありがとうございます。山内の安寧を思いやるご判断、必ずや宗家と北家に繁栄をもたらすことでしょう」

深く一礼し、「その上で、ご報告がございます」と続ける。

「浜木綿の御方は、恐れ多くも凪彦さまへの叛意《はんい》がおありです」

「叛意――」

「私がこの耳で聞きました。間違いありません」

彼女の気持ちを思えば、凪彦の即位を認められないのは当然だ。つい先ほどまで、むしろ彼女と同調する立場にあった分、反転してしまった言葉にぎょっとする。

玄哉の戸惑いに気付いたのか、雪哉は声を潜めた。

「浜木綿の御方の御心は、大いに乱れておいでです。このまま明鏡院あたりと組まれては、本気で戦わなければならなくなる。叛逆《はんぎゃく》の意思ありとして我々が先にその身柄を押さえることが出来れば、彼女達の身の安全を保障出来ます」

これは、浜木綿さまと、紫苑の宮さまのためなのです、と雪哉は厳かに宣言した。

「非常事態ゆえ、どうか羽林天軍参謀として任命願います。山内を戦乱の渦に叩き込むわけにはいかないのです」

それでも迷う玄哉に、ねえお祖父さま、趨勢《すうせい》を見極められませ、と雪哉は困った顔で言う。

「残念ながら、私が忠誠を誓った陛下は、既にこの世の方ではありません。陛下もきっと、ここに至れば、妻子の命を大事に思われたことでしょう」

——玄哉は、大きく嘆息した。

「羽林天軍の兵権をそなたに与える。全軍の参謀役を務めよ」

その瞬間、にこりと不自然なまでに美しく、雪哉は笑った。

「拝命いたします」

＊　＊　＊

治真が、雪哉と共に羽林天軍を率いて招陽宮へ駆けつけた時、そこには、明鏡院の神兵達が詰めていた。

山内衆達は、雪哉の命令に応じて待機したままであった。

浜木綿の御方は、遺言状の内容を全国に報せて挙兵を促せと猛っていたが、長束が早まるな、と一声上げたのだ。

今でも、山内衆の指揮権は長束にある。

どう動くべきか迷う山内衆に、しばし待てと指示を与えたのは雪哉だった。

そして、彼が羽林を率いて戻って来るまでの時間は、浜木綿の御方と長束が動き出すよりも早かったのである。

圧倒的な数の騎兵で周囲を固めれば、目に見えた勝負を仕掛ける気はないと見えて、神兵達はすぐに武器を手放した。

事態を察した長束は、自ら招陽宮の庭に出て、丸腰であることを示したのだった。

「これは何の騒ぎだ」

先行する雪哉を追って、治真も庭に下りる。

蒼白な顔の長束は、山内に戦乱が起こることを望んでいなかった。

浜木綿の考えを変えようと説得してくれたのは、時間稼ぎとして大変役に立ったと言える。

相対した雪哉と長束は、本題の表面を撫でるような会話をした。

「浜木綿の御方には、反乱を企てた疑いが掛けられています。ご同行をお願いしたく、参った次第です。明鏡院さまも、その様子をご覧になっていたはずでは？」

長束は口を閉ざした。

顔色は悪いが、神祇官で言葉を交わした時よりも表情は落ち着いている。その形のよい頭の中で、目まぐるしくこの先のことを考え、葛藤しているのが分かった。

「長束さま？」

態度を示せと迫られた長束は、一瞬雪哉を睨み、しかし口調だけは平静に応えたのだった。

「――いくら皇后とはいえ、そのふるまいには道理がなかった。私は、かの方のお考えには賛同していない。今も、思い止まるべきだと諫言《かんげん》している最中であったのだぞ」

「明鏡院さまに叛意はないと？」

「もちろんだ。そなたがやっていなければ、私が今ここで同じ命令を出していただろう」

明らかに心のこもらない言い訳に笑い、そういうことにしておきましょう、と雪哉は首肯《しゅこう》する。

「浜木綿の御方と紫苑の宮の身柄を確保せよ」

兵に命令し、本殿に向かって歩き出した雪哉の後ろ姿に、苦りきった顔の長束が声もなく吐き捨てる姿を治真は見た。

大馬鹿者め、と。


招陽宮本殿の中から、煙が流れて来ることに気付いたのはその時だった。

雪哉はわずかに眉を顰《ひそ》め、即座に命令を下した。

「招陽宮に出火あり！　急ぎ水を持て。これより、ここから出ていく者を誰一人として逃がすな」

言うや否や、羽衣で口元を覆い、ぴったりと自分について来た治真に視線を向けた。

「貴様は外で指揮を行え」

そう言うや否や、本殿の中へと飛び込んで行った。

「参謀！」

つい悲鳴が出た。

そんなことは部下にやらせろと言う暇もなかった。

命令された以上、それに従わないわけにはいかない。

見る見るうちに、煙は激しくなっていく。おそらく、中に油が撒《ま》かれているのだ。

何とかして水を持って来させようとするが、この勢いの火を何とかする水を確保する方法がすぐには思い浮かばない。

つい数刻前、雪哉と共に乗り込んだ天守やぐらからは、すでに黒い煙がもうもうと吹き出て、喉と鼻の奥を刺激する建材の焼ける臭いが立ち込めていた。

早く出て来てくれ、と気が気ではなかったが、幸いなことに、雪哉はすぐに外に逃れてきた。

「やはりもぬけの殻だ。人の気配が全くない」

兵が羽衣に汲んで来た水を浴びながら、煤《すす》だらけの顔を拭う。

「火つけは陽動だ。とっくに浜木綿達は逃げている。天狗と一緒に外界に向かったのかもしれん」

羽林を掌握した時点で、朱雀門《すざくもん》にも兵は送っている。

「間に合うでしょうか」

「出て行ったとしても捕まえる」

さらりと言い、各所に命令を飛ばす。

「山内衆の証言を集めて、他に逃げ出した者を全員見つけ出せ。羽林を使って山狩りも行う」

「しかし、招陽宮の鎮火も行いませんと」

「どうせ人はいない。燃えるに任せろ」

思い切った判断に、治真は啞然とした。

「それでは、招陽宮は全焼してしまいますが……」

「同じことを二度言わせるな」

それで構わないと言っている、と雪哉は未練なく断じたのだった。


結果として、天狗を介した逃亡は防がれた。

羽林が到着するよりも先に、大天狗が不審な大荷物を運び出そうとしているのを、守礼省《しゅれいしょう》の役人が見咎《みとが》めていたのだ。

木箱の中には美しい女と少女が潜んでおり、彼女らは、羽林の兵によって雪哉の前に引きずり出されたのだった。

しかしそれは――浜木綿の御方と紫苑の宮ではなかった。

何を言われても無言を貫いた女は菊野で、泣きながら雪哉を睨んだ少女は、浅黒い肌をした茜《あかね》であった。

彼女らが意図的に身代わりにされたのは間違いがなく、浜木綿の御方と紫苑の宮の大々的な捜索が行われることになった。

招陽宮に残っていた山内衆が言うには、浜木綿の御方と紫苑の宮は、羽林が動いたという報せを得てすぐに逃げ出したらしい。女房らはそれぞれに衣を被《かつ》ぎ、顔を隠し、山内衆の馬を使ってほうぼうに散っていき、何名かの山内衆はそれぞれに同行したという。

捜索に人員を割いたため、当初の命令通り、消火活動は行えなかった。

雨の中でも、招陽宮はよく燃えた。

日が落ちた後も、山の瘤の先は夕日を持って来たかのような明るさを保ち続けた。

治真が知る限り、あの宮は雪哉にとってとても大切な場所であったはずだ。

しかし、安全な位置から燃え盛る火を眺める雪哉の横顔は無感動で、心を動かされている様子は一切感じられなかった。

むしろ、蔑むような剣呑《けんのん》な眼差しであり、一歩間違えればその目を向けられるのは自分であったかもしれないと思うと治真は心底ぞっとした。

鎮火を諦めた分の人員によって、逃げた女房達は次々に捕えられ、雪哉の前に連れて来られた。

――そこに、浜木綿の御方と、紫苑の宮の姿はなかった。

昼夜を問わず捜索は行われたが、招陽宮がすっかり焼け落ち、灰になった後も、二人が見つかることはなかったのだった。

終章　答え

その報告を目にした瞬間、治真《はるま》は声を上げていた。

「閣下」

呼び掛けに気付いて視線を上げるのは、治真から少し離れた卓子で書類を睨んでいた雪哉《ゆきや》だ。

その顔には、あの招陽宮《しょうようぐう》が焼け落ちた日から今日までの苦労が皺として刻まれ、髪の毛にも白い筋が流れていた。

浜木綿《はまゆう》の御方《おんかた》と紫苑《しおん》の宮《みや》が行方不明になったあの日から、すでに十年以上もの年月が経過している。

幼い凪彦《なぎひこ》のもとで、雪哉は大いに辣腕《らつわん》をふるった。

奈月彦《なづきひこ》の政治路線を踏襲せず、四家を重んじつつも、山内《やまうち》崩壊への対策を講じることになったのだ。

谷間《たにあい》を整備し労働力を確保し、それまで羽林《うりん》の行っていた堤防建設には馬を利用する。中央花街に属さない遊女には薬草園などを任せた。

寄る辺のない楽人をまとめ、中央の広報活動に従事させることにより、東家からの覚えもめでたい。

奈月彦の行った教育制度の拡充にも手を加え、より、山内を守る民の心を強化する内容とした。

治真が敬愛してやまない雪哉は、現在、博陸侯雪斎《はくりくこうせっさい》として、百官の長である黄烏《こうう》におさまっていた。

凪彦は健康な少年へと成長したが、実質、政治には不干渉を貫いている。

少しばかりやんちゃな面もあったが、大紫の御前《おおむらさきのおまえ》と称されるようになった母親を大いに慕い、彼女と、伯父である青嗣《あおつぐ》の言いつけをよく守っていた。奏上に対し「そうせよ」としか返さない様子は、奇しくも、在位中の父親の様子によく似ている。

事実上、山内の政治を掌握しているのは、今でも博陸侯なのであった。

あの日、山内衆《やまうちしゅう》の立場を無視して膝を折った治真は、今でも雪哉——雪斎公の忠実な副官であり、そうあり続けられた自分を心から誇らしく思っていた。

博陸侯の補佐も慣れたものだ。

確認が必要なものがあれば後でまとめて持って行くので、こうして書類仕事をこなしている博陸侯に、治真からわざわざ声をかけることは稀である。

「どうした」

「これは急ぎ、お耳に入れておくべきかと思いまして」

曖昧《あいまい》に言いながら、いくつかの報告書を手に近寄り、卓上にそれを広げる。雪斎は筆を置くと、差し出されたものを一瞥《いちべつ》して首を捻《ひね》った。

「貢人《こうじん》の名簿……？」

「はい。もうすぐ、任官試験を受ける者の名前と、略歴です」

試験による官吏登用の制である貢挙《こうきょ》は形骸化して久しいが、それによって官吏となる者も皆無というわけではない。その多くは没落した貴族の子弟なのだが、地方長官から推薦されてきた平民階級出身者の場合もあった。

「これの、何が問題だ」

「それがですね、あの、澄尾《すみお》殿と、真赭《ますほ》の薄《すすき》さまの娘が貢人になっています」

「茜《あかね》が？」

「いえ、もう一人のほうです。もとの名は葵《あおい》」

「葵……」

そんなのもいたな、と言う割に、雪斎は釈然としない顔をしている。

病弱で地方の医者の家に預けていると聞いていた、双子の片割れ。

茜はよく紫苑の宮と遊んでいたが、治真は葵の顔を見たことがなかった。雪斎と真赭の薄はあまり折り合いがよくなかったから、彼も葵のことはあまり知らないのだろう。

「待て。娘が貢人ということは、落女《らくじょ》になったのか？」

「三年前に、大紫の御前から許可を得ているみたいですね」

そんな報告はなかったぞ、と雪斎は嫌そうな顔をする。

大紫の御前ことあせびの御方は、政治に干渉することこそ全くないものの、未だ何を考えているかよく分からないところがあった。

あるいは、何も考えてなどいないのかもしれない。

気を取り直し、報告を続ける。

「葵は、男としての新たな名前を、澄生《すみき》というようです」

――すみき。

「澄尾の子だから、澄生？」

「おそらく。生まれは西ですが、療養のため、あちこちを転々としていたようです。今は健康上の、大きな問題はなし。推薦者は西家当主になっています」

「ふうん……」

雪斎はそのまましばし黙ったが、治真には彼が何を考えているのか、大体は察しがついた。

基本的には厄介ごとだ。だが、貢挙を受けるという姿勢に、少しばかり引っかかっている。

西家当主の孫であるならば、当主からの申請があれば血筋によって位階を授けられる蔭位《おんい》の制《せい》での任官が可能だったはずだ。それをあえて使わないというところに、一筋縄ではいかないものを感じる。

試験を受けるために、たいそう勉強したのは間違いない。

「どうします？　適当な理由を付けて落としますか」

風紀を乱すという理由で落とすという手もあります、とあえて悪びれずに治真は言う。

「馬鹿らしい」

心底呆れた、という風に雪斎は吐き捨てた。

「それくらいで乱れる風紀なら、とっとと腐り落ちてもらったほうがましだろう」

「まあ、ですね」

「いいだろう、認めてやれ」

——それは、雪斎にしては本当に珍しい、気まぐれに近い判断だった。

「よろしいのですか」

「厄介の種には違いないだろうが、問題が起これればいつでも追い出せる。放っておいても長続きしないだろうがな」

どうせ無理だ、とその顔が語っていた。

博陸侯雪斎は、実力主義を謳《うた》っている。

女であるという時点で、彼女の道は困難になることが約束されているようなものだ。なおそれを乗り越えるだけの力があるなら、それはそれで喜ばしい。

出来るものならな、という、冷たい笑みを含んだ声が聞こえた気がした。

まあ、と卓上の資料をこちらに渡しながら、雪斎は言う。

「澄尾さんには、若い頃の借りもあるしな」

＊　＊　＊

貢挙の任官試験は、朝廷《ちょうてい》の一室で行われる。

受験者は、いずれも没落しきった元貴族か、平民だ。

ぞろぞろと先導されてくる彼らは、いずれも緊張し、それぞれの一張羅を着てやって来る。

その舐《な》められまいと虚勢を張る姿は、逆にみすぼらしく見えるものだった。

しかし、その日は違った。

朝廷を連なって歩く者の中の一人が、誇張ではなく光り輝いて見えた。

癖《くせ》一つない漆黒の髪は無残なほど短く、首筋にもかかっていない。

質の良い青磁《せいじ》の上下を一部の隙もなく纏《まと》っているのに、遊女のように真っ白いうなじが丸出しで、それだけで見た者の腹の底をぞわぞわさせた。

眉は、すうっと筆の先でなでたようにやわらかな弧を描き、唇は珊瑚《さんご》色で艶《つや》がある。

そして、何より印象的なのはその目だった。

目尻はきりりと色が濃く、長いまつげの影が落ち、瞳は銀河のように吸い込まれそうな色をしている。

まさに玲瓏《れいろう》たる美女と言うにふさわしい風貌である。

だが、それだけではない。若い官吏たちの多くはその美貌を見て純粋な感嘆の声を上げたが、年嵩《としかさ》の高官――一度でも、先代の真の金烏《きんう》の玉顔《ぎょくがん》を間近に拝したことのある者は、幽霊にでも出くわしたかのような面持ちになった。

その娘は、死んだ奈月彦に、瓜二つだった。

古株の官吏達は大いに動揺した。

「紫苑の宮さまではないのか」

「馬鹿な。あれが姫宮なら、どうして落女になんて」

「待て。あの娘の母君は、西家の真赭の薄さまだそうだぞ。前の金烏陛下の従妹《いとこ》だったはずだ」

「血縁的には似ていておかしくないと？」

「あれほど似ているなど、尋常ではない！」

周章狼狽《しゅうしょうろうばい》する者がしきりに囁き合い、並々ならぬ視線を寄越す中、娘は平然と対面での試験に臨んだ。

治真がその知らせを受けたのは、既に彼女の試験が始まった後であった。

泡を食った様子の部下から報告を受け、上座の雪斎を見るも、彼はその報せを信じてはいないように見えた。

「閣下」

咄嗟《とっさ》に気を利かせて、治真は言う。

「近い将来、我々の手足になるかもしれない優秀な者達です。閣下から一声掛けて差し上げれば、きっと涙をこぼして喜び、後々が楽になるものと愚考いたします」

言葉の意味を汲み取った雪斎はやや呆れた表情になったが、「よかろう」とその口車に乗ってくれたのだった。

頃合いを見て出向けば、受験者は最後の一人が面談を終えたところであった。

「これは、博陸侯！」

「邪魔をするつもりはない。続けよ」

試験官は雪斎の登場に飛び上がり、しきりに恐縮した。受験生達のほとんどがぽかんとしていたが、ただ一人――唯一の女は、全く動じていなかった。

その娘の顔を見た瞬間、治真は直感的に「似ている」と思った。

他の誰でもない。かつて、治真自身も幾度か護衛し、守り育てた紫苑の宮に、である。

しかし、誰よりも内親王と親しくしていたはずの雪斎の表情は、石のように動かなかった。

雪斎と、澄生の目が合った。

彼女はちらとも微笑まない。

睨んでいるわけではないが、美しく超然としているだけで、どこか不敵に感じられる。

「そなたは？」

雪斎から直接声を掛けられても、彼女はやはり動じない。

「澄生と申します」

その声は涼やかで落ち着き払っており、育ちの良さを感じさせる、品のある話し方であった。

「父は元山内衆が一、前《さき》の金烏陛下が護衛澄尾、母はかつて真赭の薄と呼ばれた西家一の姫でございます」

「なぜ女だてらに貢挙を受ける？」

母親の身分ならばいくらでも生活は出来たはずだ。

しかも、血筋からすれば、蔭位の制を使って高官にもなれる。どうしてわざわざ落女になり、苦労して貢挙を受けたのかと雪斎は問うた。

「恐れ多くも、閣下もお若い時分には一度勁草院《けいそういん》に入られ、優秀な成績を修められたと伺っております」

澄生は、ちらとも笑わずに言う。

「博陸侯は実力主義を謳われております。ですが、もし私が蔭位の制を用いて官吏になったとしても、私の力は認められないのではないかと思った次第です」

「なぜ？」

「私が女だからです」

山内は女に厳しいから、と、彼女は雪斎を前にして、いかにもさらりと言ってのける。

「博陸侯は山内をより良くしたいとのお考えだと伺いました。私なら、そのお手伝いが出来ると確信してここに参った次第です」

周囲の者が固唾《かたず》を呑んで見守る中、雪斎は無言のまま、生意気な小娘を見返している。

「私は病弱ゆえ、山内中の名医を訪ねて旅していました。おかげでこの通り体はすっかりよくなりましたが、同時に、たくさんのものを見ました。本当に――たくさんのものを」

雪斎を見据える女の目は、冷たい炎で燃えるようだった。

「……そなたにとって、良い山内とは何だ」

雪斎の問いに、女は即答した。

「万民が幸福であること」

ただそれだけでございますと、そう言う声に迷いはない。

「万民の幸福」

雪斎は呟き、両目を細めた。

「それを、本気で実現可能だと思っているのかね？」

それを聞いた瞬間、初めて澄生は笑った。

「――可能かどうかが問題なのですか？」

彼女の笑みは美しかったが、その美しさは花というよりも、研ぎ澄まされた刀の美しさに似ていた。

「目指すべきだと、考えております」

本書は書き下ろしです

装幀　野中深雪
装画　名司生

著者プロフィール

阿部智里
（あべ・ちさと）

1991 年群馬県生まれ。早稲田大学文化構想学部在学中の
2012 年、『烏に単は似合わない』で松本清張賞を史上最年少受賞。
14 年早稲田大学大学院文学研究科に進学、17 年修士課程修了。
デビュー以来、『烏は主を選ばない』『黄金の烏』
『空棺の烏』『玉依姫』と毎年1冊ずつ刊行し、
『弥栄の烏』で八咫烏シリーズ第1部完結を迎えた。
3年ぶりに刊行した『楽園の烏』でシリーズ第2部がスタートした。
外伝に『烏百花　蛍の章』『烏百花　白百合の章』。ほかの作品に『発現』。

追憶《ついおく》の烏《からす》

二〇二一年八月二十五日　第一刷発行

著　者　阿部智里《あべちさと》
発行人　大川繁樹
発行所　株式会社　文藝春秋
〒一〇二―八〇〇八
東京都千代田区紀尾井町三―二三
電話　〇三―三二六五―一二一一
印刷所　萩原印刷
製本所　大口製本

Printed in Japan
ISBN 978-4-16-391415-2